KB206861

행복하고
싶다는 생각에

행복하지
못했던 날들

행복하고 싶다는 생각에 행복하지 못했던 날들

인생의 굴곡을 여행하는 당신에게 전하는

초 판 1쇄 2025년 04월 10일

지은이 조국일
펴낸이 류종렬

펴낸곳 미다스북스
본부장 임종익
편집장 이다경, 김가영
디자인 임인영, 윤가희
책임진행 김요섭, 이예나, 안채원, 김은진, 장민주

등록 2001년 3월 21일 제2001-000040호
주소 서울시 마포구 양화로 133 서교타워 711호
전화 02) 322-7802~3
팩스 02) 6007-1845
블로그 http://blog.naver.com/midasbooks
전자주소 midasbooks@hanmail.net
페이스북 https://www.facebook.com/midasbooks425
인스타그램 https://www.instagram.com/midasbooks

© 조국일, 미다스북스 2025, *Printed in Korea*.

ISBN 979-11-7355-185-7 03810

값 19,000원

※ 파본은 본사나 구입하신 서점에서 교환해드립니다.
※ 이 책에 실린 모든 콘텐츠는 미다스북스가 저작권자와의 계약에 따라 발행한 것이므로 인용하시거나 참고하실 경우 반드시 본사의 허락을 받으셔야 합니다.

미다스북스는 다음세대에게 필요한 지혜와 교양을 생각합니다.

행복하고
싶다는 생각에

행복하지
못했던 날들

인생의 굴곡을 여행하는
당신에게 전하는

조국일 지음

미다스북스

수십 번의 밤을 보내더라도 그리운 것

사랑이란 기억저편에서 아름다운 형태로 남아 있는 것

이별이란 사랑의 또 다른 이름으로 한동안 아파했던 것

완벽한 행복이 있다면 자신이 좋아하는 것들로 채우며 `나`다워지는 것

알 수 없는 감정들이 마음을 관통했던 순간들이 모여 삶을 쌓아 가는 것

그렇게 비워진 인생의 빈칸을 스스로 완성하는 것.

너와 나의 거리,

삶과 삶의 간격

2부

완벽함 속에 불완전한 우리,

그럼에도 충분한

4부

흐드러지게 피어나고 때로는 스러지며

"서리 아래 꽃은 시들고 낙엽이 되어 썩어도 기어코 또다시 봄이 오면 흙 위로 새싹이 돋는 것처럼, 시련이라고 생각했던 순간들이 겹겹이 쌓여서 누구도 넘보지 못할 경험이 되었고 그렇게 나는 단단해졌다."

1부

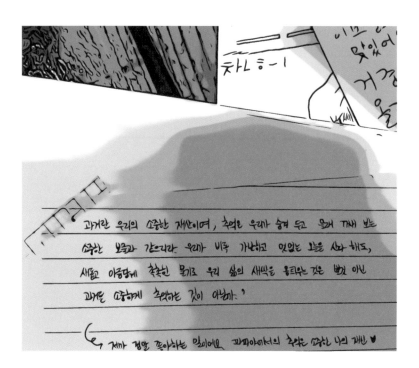

과거란 우리의 소중한 재산이며, 추억은 우리가 숨겨 두고 몰래 꺼내 보는 소중한 보물과 같으니라 우리가 비록 가난하고 있없는 신사 해도, 새롭고 아름답게 출론 물기고 우리 삶의 새싹을 틔우는 것은 바로 아닌 과거를 소중하게 추억하는 것이 아닐까.'

♥ 제가 정말 좋아하는 말이에요. 꽈꽈아이의 추억은 소중한 나의 재산 ♥

1

해돋이

　새해는 칼바람 치듯이 매섭게 다가왔다. 시간이란 늘 생각할 겨를 없이 지나갔다. 올해는 유난히도 원하는 것이 많아서 평소에 잘하지 않던 행실을 한번 해보려 한다. 새로운 해를 겸허한 마음으로 받아들이기 위해 이른 새벽부터 부산히 움직였다. 해를 가장 먼저 맞이할 수 있기 위해 강원도에 위치한 이름 모를 산을 오르기로 마음을 먹었다.

　아직 해가 뜨지 않아 어둠 속에서 방향조차 알 수 없는 이 산행이 마치 인생처럼 느껴졌을까, 그만 내려가고 싶어졌다. 굳이 정상에 서서 해를 바라보며 소망을 비는 것이 무슨 의미가 있을까 싶어졌다. 그럼에도 여기까지 왔으니 기어이 정상에 올라가 새해를 맞이해 보기로 한다.

　새해가 동트기까지 아직 시간이 조금 남았기에 주변 경치를 보며 생각에 잠겼다. '계곡은 잔잔한 강을 만나기 위해 거세게 굽이쳐 내려가는데 우리는 무엇을 위해 거세게 올라가야만 할까. 이제 그만 부질없는 헛된 희망을 소망하기보다는 모든 것을 편안히 내려놓고 싶다고.' 운무 속에 가린 해가 불그스름하게 보이자 생각의 고리를 싹둑 잘라버렸다.

해가 떠오르자, 모든 것을 앗아갈 듯한 눈부심이었고 마치 한 시대의 끝과 새로운 시작이 동시에 펼쳐진 듯했다. 산등성이 너머로 퍼지는 빛이 어둠을 깨트리며 세상을 밝히듯 응어리진 마음이 서서히 녹아내렸다.

'그래, 언젠가 이 눈부심이 나에게로 다가와, 길고 길었던 암흑 같던 시간들을 위로하듯 어루만져준다면, 지금 겪고 있는 고통쯤이야, 대수롭지 않게 그리고 담담하게 받아들이며 나아가겠다.'

어쩌면 해를 보러 간다는 것은 무언가를 이루겠다는 자신만의 단단한 의지를 보여주기 위해서는 아니었을까.

이내 빛을 향해 한 걸음 나아가며, 나 자신에게 속삭였다. '그러니, 다시 걸어가자. 해는 언제나 다시 떠오르는 법이니깐.'

2.
마음속 온기가
길을 잃다

   부슬부슬 내리는 가을비에 선잠을 이루었다. 창문을 열어 가을을 반겨본다. 완연한 가을의 새벽 공기만큼은 아니지만 제법 쌀쌀했다. 선선함과 쌀쌀함은 명확히 다르다고 생각한다. 선선함은 왠지 포근한 온기를 머금고 있어 따뜻한 느낌을 주는 반면에 쌀쌀함은 서늘한 기운이 섞여 있어 차갑게 스며든다. 또한, 따사로운 햇볕 아래에 불어오는 시원한 바람이 선선함이라면 해가 뜨기 전 풀잎 위로 서리가 맺힌 듯한 느낌이 쌀쌀함에 가까운 형상이다.

   가을은 선선함과 쌀쌀함이 공존하는 계절이라고 생각한다. 더 깊이 들여다보면 선선함보다는 쌀쌀함에 가깝다고 느껴진다. 봄이 선선함이라면 가을은 쌀쌀함에 가깝다. 그래서 봄과 가을은 닮은 듯 다르고 시작과 끝처럼 서로 마주 보고 있다. 봄은 사계절의 시작만큼이나 만물의 시작을 뜻하는 반면에 가을은 이유 없이 모든 것이 끝나버릴 것만 같은 기분이 든다. 그래서 우리는 가을에 접어들어서야 고독이라는 감정을 선명하게 느끼는지도 모르겠다.

그러고 보면 고독과 가을은 참으로 잘 어울리는 한 쌍이다. 세상에 홀로 남겨진 듯한 외로운 감정과 모든 것이 저물어가는 계절은 서로가 서로를 닮아 있다. 가을은 쓸쓸하게 흩어지는 낙엽 속에서 고독을 부추기고, 고독은 가을이라는 계절을 빌려 마음 깊숙이 자리 잡는다. 그러고 보면 고독함을 즐기는 편이다. 고독함이란 게 가을처럼 불완전한 순간에서 찾아오곤 한다. 그렇기에 이 계절이 아니면 다시 느끼지 못하는 것을 알기에 고독이 찾아왔을 때에는 온몸으로 받아들이려 한다. 마치 떠나간 사랑을 추억하며 한때의 사랑했던 순간으로 되돌아가 따스함을 느꼈다가 그러나 결국, 혼자임을 깨닫고서는 쓸쓸함이 가져다주는 감정을 곱씹는 것처럼. 어쩌면 이런 고독이 찾아왔기에 잠시나마 당신을 떠올릴 수 있었는지도 모른다. 그렇다면 이러한 고독함을 가져다준 가을에 감사해야 하는 것인지 아니면 이렇게 고독함을 알게 해준 떠나가 버린 시월의 당신에게 고맙다고 말해야 할지 망설여진다.

고독한 만큼 적막한 방 안에 듣지 못할 궁금증들로 가득 채워진다. 우리는 어떻게 사랑에 빠지게 된 것일까. 우리는 어떠한 미래가 두려워서 끝내 등을 돌렸던 걸까. 우리가 조금만 더 늦게 만났더라면 지금은 달라졌을까. 우리는 서로가 만난 사람들 중에 어떤 사람으로 기억되고 있을까. 한때는 서로에게 서로가 없으면 안 되는 그런 존재였는데 이제는 마음속의 온기가 길을 잃어 방황한다. 그렇게 한번 식어버린 마음은 더 이상 여분의 사랑을 불태우기에는 역부족이다. 가을은 이렇게나 위험한 존재이다. 사랑이라는 불씨조차도 꺼지게 만드는 계절이니 말이다. 낮과 밤, 따뜻함과 차가움, 가을의 일교차가 무너지는 겨울이라는 계절이 다가오면 고독이라는 감정도 떠나갈 것이다. 뚜렷했던 온도의 경계가 무색해지는 만큼 감정의 온도도 서서히 모호해지는 순간이 올 것이다. 그리고 그렇게 나는 당신을 사랑했던 나를 떠나보낼 것이다. 이 가을이 지나가듯이 당신을 사랑했던 감정마저도.

3.
일흔의 분기점에서

동이 떠오르는 아침, 문을 열고 밖으로 나가 담배 한 개비를 물었다. 어김없이 아침에 하는 필연적인 습관에 불과하지만, 오늘은 문득 바라본 자동차 창문에 성에가 낀 것을 발견했다. 어느덧 성에가 서리는 계절인 온 것이다. 이렇게 어영부영 시간을 보내다 보면 한 해가 저물어갈 것이다. 곧 다가올 십이월의 달력 한 장을 넘겨버리면 이제는 서른 하고도 다섯이 된다. 어릴 적에는 언제 죽고 싶냐는 물음에 '일흔 즈음 죽고 싶다.'고 주저 없이 대답했었다. 왜 하필 일흔이었는지 잘 기억은 나지 않는다. 아마도 그즈음이면 적당히 세상을 살아갔을 나이였을 터이다. 그러니 몸도 아프지 않고 행복하게 떠날 수 있는 좋은 나이였다고 생각했는지 모르겠다. 논어를 보면 일흔의 나이를 '종심'이라고 부른다. 종심은 "마음이 시키는 대로, 혹은 마음이 하고자 하는 대로, 마음이 원하는 대로 하여도 어긋나지 않는다."라는 뜻을 가지고 있다. 이러고 보면 일흔에 죽기로 마음을 먹었던 것과 잘 어울리는 듯하다.

일흔에 죽고 싶다던 그 나이가 이제는 분기점의 절반에 접어든다. 지금까지 살아오면서 나는 무엇을 이루었는가 되짚어 보았다. 누군가에게 내세울 만한 자랑거리는 뚜렷이 없지만 그럼에도 삶을 치열하게 살아온 흔적들은 조금 보였다. 누군가를 죽을 만큼 사랑도 해보았고 그로 인해 많이도 아파해 보았다. 꿈을 이루기 위해 모든 것을 쏟아부은 적도 있고 '지금 노력의 가치를 악마에게 판다면 얼마의 값어치를 받을 수 있을까?' 생각했던 적도 있었다. 살아가면서 무수히 스쳐 갔던 사람들로부터 가슴 한편에 좋은 추억도 자리 잡았고 또 사람들로부터 받았던 상처들로 흉터가 져 덕지덕지 남아 있다. 실패와 시련에 대해 맞서 싸워보았고 좌절하며 울어도 보았으며 다시 일어나서 나아갈 수 있는 용기도 알았다.

서른다섯이 되다 보니 신체에도 많은 변화가 생겼다. 몸 여기저기가 고장이 나서 아픈 곳도 많아졌으며, 수술도 여러 번 했다. 아픈 곳들은 가끔 삐걱거릴 때도 있지만 그럼에도 서로 도와가며 잘 버텨내어 주고 있다. 수염도 부쩍 많이 자랐고 그 속엔 희끗희끗한 새치도 보였다. 다행히도 아직까지 머리는 빠지지 않아서 마음이 놓인다. 술은 즐기지 않았고 운동은 습관처럼 꾸준히 해왔는데 보기 좋게 나잇살이 자리 잡았다. 얼굴에는 조금씩 파인 주름도 하나둘씩 새겨졌다. 나무의 나이테처럼 내 삶도 그렇게 나이가 들었음을 여실히 실감한다. 이 모든 것들은 지금까지 내가 쌓아온 업보들이며 피할 수 없는 세월의 흔적인 것이다. 영원처럼 젊음을 유지할 것 같았는데 어느새 젊음이 저물어가고 있다.

 일흔의 분기점 절반을 조만간 지나칠 테니 나 또한 달라져야겠다는 생각이 들었다. 인생에서 좋은 순간들은 몇 번 없다는 것을 지금껏 살아오면서 알게 되었으니 남은 인생도 여울지게 살아야겠다고 다짐했다. 오복 중에 오래 사는 것, 부유하게 사는 것, 건강하게 사는 것, 덕을 좋아하고 베푸는 것, 깨끗한 죽음의 맞이하는 것, 이 중에 어느 것을 이룰지는 모르겠지만 생애 끝자락에서 한 올의 후회 없이 떠나고 싶다. 살아온 발자취가 심지를 굳건하게 하고 그것이 정신을 더 깊이 깨우길 바라며 그로 인해 안광이 살아 숨 쉬는 그런 남은 인생을 살 것이다.

실패와 시련에 대해 맞서 싸워 보았고 좌절하며 울어도 보았으며
다시 일어나서 나아갈 수 있는 용기도 알았다.

4.

삶의 궤도 위에서
통렬히 공생하며 산다

11월 중순에 접어들었음에도 여전히 방 안에 모기가 날아다닌다. 이 친구는 아마도 9월부터 나와 함께했던 것으로 기억한다. 여름이 끝나던 9월의 어느 날 방 안에 불청객이 날아 들어왔다. 그날 일에 지쳤는지 그 녀석을 내쫓기보단 받아들이는 쪽으로 선택했다. 어느 날 아침에 일어나 모기가 문 자리를 박박 긁으며 오늘 밤에는 기필코 그 녀석을 처단하고 말겠다는 다짐을 한 지가 어느덧 두 달이 지난 것이다. 그렇게 우리는 두 달이 넘게 공생한 것이다.

처음에는 우리의 공생이 이렇게까지나 오래갈 것이라고 생각하지 못했다. 세상에 존재하는 모든 생물은 살아가는 데 필요한 양분을 얻지 못하면 죽기 때문이다. 그런데 이 친구는 어떻게 두 달이라는 짧지 않은 시간을 버티어 냈는지 한편으로 대단하다 싶다. 아마도 이 친구는 살아남기 위해서 스스로 선택과 결정을 했어야만 했을 것이다. 그 선택과 결정이 무엇인지 몰라도 강력한 의지가 깃들어 두 달이라는 시간을 버티게 만든 원동력이 되었을 것이다. 자신의 원대한 꿈을 위해서 아니면 남겨진 자식을 위해 그것도 아니라면 무엇 때문이었을까. 자신의 행복 정도가 되려나?

여하튼 각설하고 이 친구는 낮에는 아무도 없는 방 안에서 혼자 남아 허기진 배를 부여잡고 밤이 오기를 한참을 기다렸을 것이다. 인간이 아닌 모기의 시간으로 바라보았을 때, 그 힘든 시간은 인간과 모기의 몸집의 차이만큼이나 억겁의 시간이었을 것이다. 그렇게 늦은 밤이 되어서야 잠이 든 내게 다가와서 내일 하루를 살아갈 양분을 얻어냈을 것이다.

양분을 얻고서는 다시 보이지 않는 어둠 속으로 스며들어 가 숨죽이며 부풀어 오른 배를 보면서 '아, 내일 하루 더 삶을 연장할 수 있어서 다행이다.'라고 생각했을까. 아니면 이 순간만큼은 온전히 행복함에 젖어 편안한 잠에 이르렀을까. 어쩌면 이 친구는 오랜 시간 동안 혼자만의 처절한 싸움을 끝내고 싶었을까. 오히려 죽음 뒤에 찾아오는 고통 없는 평안함이 두려웠을까.

살아 있다는 것은 고통인데 살아가려고 발버둥 치는 것은 왜일까. 우리는 왜 살아가는가. 우리는 무엇을 위해 살아가는가. 알 수 없는 해답의 소용돌이에 휩싸여 쓸려가듯 살아가는 우리에게 무엇이 남아 있는가. 우리는 강요된 채 태어나 자신을 알아가고 알지 못하는 세상에 대해서 배워가며 누구나 가지고 있는 평범한 불행 속에서 스스로를 다그치며 살아가야 한다. 그렇다면 우리는 살아가야 하는 이유를 어디에서 얻어야 할까…. 그럼에도 우리는 삶이란 궤도 위에서 통렬히 공생하며 살아간다.

5

그 대책 없는 설렘

뉘엿뉘엿 넘어가던 해가 가을을 맞이하고서는 일찍이 밤을 불러들였다. 밤이 길어지는 만큼 나의 새벽은 유난히도 더디게 흐르기 시작했다. 상념이 머릿속을 수만 번씩 헤집었음에도 떠나갈 생각을 하지 않았다. 이것은 채울 수 없는 허기짐이었다. 무엇을 갈망하는지 자꾸만 떠오르는 생각들은 잠을 이루어도 모자란 시간을 한참이나 넘기게 만들었다. 이럴 때면 동이 틀 때까지 버티며 밤을 지새우거나 생각하다 지쳐 쓰러질 때까지 기다리는 것이다. 불면증이 생긴 지도 몇 해가 넘어가는데 유독 심한 날이면 아직도 적응하기가 쉽지가 않다.

불면증이 생기는 원인을 딱히 정의 내릴 수는 없다고 한다. 단순히 시차 적응으로 생긴 것인지 생활 리듬이 깨져서 생긴 것인지 알 수 없지만 이렇게 만성적인 질환이 된 것은 아마도 불안정한 심리가 원인이지 않을까 한다. 학업과 취업, 연애와 결혼, 부와 명예 그리고 성공, 인생을 살아가면서 겪어야 하는 묵직한 것들이 우리를 불안하게 만드는 것 같다. 불안정하다는 것은 위태로운 것이지만 때론 자신의 삶을 잘 살아가고 있기에 생기는 당연한 결과물이기도 하다. 불안하지 않다는 것은 어쩌면 변화를 받아들이지 못하는 것인지도 모르겠다.

그러고 보면 사랑 앞에서는 변화가 멈춰 있었다. 풋내기 같은 사랑을 끝으로 사랑은 더 이상 진전이 없었다. 사랑을 고사하고 지난 몇 번의 연애에서는 떨림조차 잃은 지 오래되었다. 좋아한다는 감정이 폭발적으로 밀려오거나 한눈에 빠져버리는 일은 없었기에 대체로 평이했던 연애는 그 끝이 항상 짧았다. 풋내기 시절의 사랑은 너무나도 순수했기에 모든 것을 바쳐 사랑을 나누어 주었다. 그랬기에 다 써버린 사랑은 이내 바닥을 드러냈고 이제는 그 무엇도 나누어 줄 수 없는 상태에 이르렀나 싶다. 사랑보다 먼저 찾아온 권태라는 마음이 이제는 사랑을 주춤하게 만들었다. 이러다 영원히 혼자 살아가는 것은 아닐까, 불안한 마음이 다 그치듯 다가왔다.

그래, 이제는 변화를 받아들일 때가 온 것이다. 지난 사랑에 머물러서 멈춰 있는 것은 이제 그만두려 한다. 우리가 헤어지던 그 날에 여전히 그 시절에 머물러 있는 나에게 '식지도 않는 따뜻함을 온전히 당신과 나누었던 일도, 어떠한 말이 없어도 알 수 있었던 당신이 전해준 마음도, 이젠 그만 그 자리에 두고선 돌아서.'라고 말하고 싶다. 어느 날 문득 불안하게 만드는 존재가 나의 앞에 불쑥 튀어나온다면, 그래서 다시 사랑하게 되는 날이 오게 된다면, 그땐 새로운 사랑으로 온 마음을 가득 채웠으면 좋겠다. 그 대책 없는 설렘의 결과가 비록 상처일지라도. 그로 인해서 또다시 사랑을 주었던 마음이 바닥을 드러내더라도.

그 대책 없는 설렘의 결과가 비록 상처일지라도.
그로 인해서 또다시 사랑을 주었던 마음에 바닥이 드러내더라도.

6.
언젠가 한번
따뜻한 밥 한 끼 합시다

요즘은 잊혀가는 삶인 것 같다. 누구로부터 잊히고 있는지는 모르겠지만 어렴풋이 느끼고 있다. 수많은 연락처 중에서 전화 한 통이 없고 찾아주는 사람이 없다는 사실이 잊혀가고 있다는 것을 알게 해주었다. 각자의 삶 속에서 한때는 가깝게 지냈던 관계들이었는데 이제는 나누었던 추억마저도 지워져 가는 듯하다. 사람과 사람의 관계에서 이러한 일들이 당연한 것들이겠지만 한편으로 허황하다.

나이가 들어가면서 자연스레 인간관계도 다이어트가 되었다. 의도하지는 않았지만 서로가 서로를 정리해 나갔다. 다이어트처럼 우선순위를 제외하고선 몸의 불필요한 지방 덩어리를 잘라버리듯 관계들도 하나둘 정리되었다. 그렇다고 딱히 먼저 손을 내밀거나 하지는 않는다. 정리된 관계에는 그만그만한 이유가 있을 테니깐 말이다. 나 또한 그랬으니 관계를 회복하기보다는 방관했을 것이다.

우리는 살아가면서 많은 관계 속에서 거미줄처럼 섞여 있다. 복잡한 인간관계 속에서 어쩌면 관계 정리는 필연적이었는지도 모르겠다. 회자정리처럼 만남이 있으면 언젠가는 헤어지는 것처럼 결국 우리가 어찌할 수 없는 자연스러운 이별인지도 모르겠다. 이렇게 관계를 정리하는 일이 자연스러운 것이라면 '어쩌면 사람마다 수용할 수 있는 관계의 수가 정해져 있지 않을까?'라는 생각이 들었다. 나는 맺을 수 있는 관계의 수가 극히 적어 그 사람들과 연락을 유지하는 것도 벅찬 사람인지도 모르겠다.

가끔은 소홀해진 관계가 밥과 같다면 어땠을까 한다. 그랬다면 우리는 살아가면서 없어서 안 되는 밥을 매일 먹듯 매일 찾는 관계가 되지는 않았을까. 그게 아니더라도 가끔은 '밥은 먹었어?'라고 안부를 묻는 관계가 되었던가, 그것도 아니라면 '다음에 밥 한 끼 하자.'라는 말처럼 무성한 약속이라도 하는 관계가 되지 않았을까 한다. 그게 무슨 소용이 있을까 싶다. 밥심으로 살아간다지만 삶의 의욕을 잃어버린 사람처럼 밥 먹을 생각조차 나지 않는 관계가 되어버렸으니. 서른 하고도 넷, 많지도 않은 나이지만 지금껏 스쳐 갔던 사람들은 무수히 많았다. 다들 어떻게 살고 있는지 근황조차 모르는 사람들이 대다수지만 한 번쯤은 물어보고 싶다.

'언젠가 한번 따뜻한 밥 한 끼 합시다.'

7

너의 언어를
닮고 싶어졌다

연애하고 싶다. 연애하고 싶다는 생각이 온몸을 지배했다. 이를 증명하듯 길을 지나가는 사람의 모습에서도, 누군가의 대화 소리에서도, 마주 앉은 지하철 안에서도 모든 곳에서 낯선 온기에 설렘을 느꼈다. 여태껏 익숙함이 좋아 새로움을 추구하지 않았는데 이제는 익숙함이 도를 지나쳤는지 낯섦을 찾고 있다. 이런 마음은 불현듯 찾아오는 계절 비 같았다. 어느 계절이든 계절 비가 내리면 온도가 달라지듯이 혼자이고 싶었던 마음을 뒤집고서는 새로운 만남을 갈망하고 있다.

연애하고 싶다는 생각에도 연애한다는 것은 쉽지가 않다. 지금껏 연애를 미루어왔던 이유는 나의 삶에 누군가가 끼어드는 것을 용서치 않아서였다. 그 사랑이라는 변수로 인해 삶이 바뀌는 것이 용납되지 않았다. 연애하면 좋은 에너지를 주기도 하지만 반대로 서로를 갉아먹는 감정도 생기기 마련이다. 나는 애초에 그런 감정의 기복을 겪고 싶지 않았기에 사랑에 에너지를 쏟고 싶지 않았다. 특히나 연애를 시작할 때 서로가 서로를 알아가는 시간을 못 견뎌 했다. 그 시간들은 몹쓸 과정에 불과하다는 것이 숱한 연애를 통해 얻은 결과물이었다. 어쩌면 몽글몽글한 감정이 주는 불편함을 못 견뎌 하는 사람인지도 모르겠다. 그러한 감정은 불완전한 감정으로 치부했다. 사랑하지만 사랑이 아닐 수도 있는, 언제든지 그만두기 쉬운, 그런 애매한 감정이 만든 관계처럼 서로를 알아가는 과정에서 하나라도 어긋나기 시작하면 모든 것이 무로 돌아갔다. 나이가 들어갈수록 이런 생각은 더욱 깊어졌다. 그래서인지 한시라도 빨리 편안한 관계에 이르렀으면 좋겠다고 생각했는지도 모르겠다.

편안함에 이르렀다는 것은 상대방에 대해서 온전히 알았다는 것으로 군이 연애 초반처럼 감정의 표현이 거창할 필요도 없으며 상대방에 대한 이해와 배려가 부족하여 싸울 일도 없다. 또한, 밥을 먹을 때나 나란히 길을 걸을 때 상대방의 취향을 고스란히 닮아가는 것이라고 생각했다. 이처럼 연애 초반에 뜨겁게 타오르는 연애보다는 오래된 연인에게서 느낄 수 있는 완숙함을 좋아했다. 이것은 마치 잔잔한 물결같이 사랑이 아닌 것 같아도 사랑인 것처럼 알게 모르게 나의 한쪽 마음을 내어준 것이라 생각했다.

지금 돌이켜 생각해 보면 연애를 하고 싶다는 생각보다는 연애로부터 도망치는 습관이 자리 잡은 듯하다. 연애하기 위해서는 버려야 할 이기적인 모습들이 그득했던 것이다. 상대를 알아가고 발맞춰 걸으려는 그런 노력조차 하지 않으려 했으니 지금까지 연애를 못했던 것이 당연한 결과라는 생각이 들었다. 연애의 가치관을 추구하는 방향이 완숙함이라면 기꺼이 완숙함으로 가는 과정을 충분히 겪고 상대방과 함께 지나쳤을 때 다다를 수 있다는 사실을 알면서도 외면했었다. 이제는 조금은 달라지고 싶다. 연애하면서 상처를 받을지라도 기꺼이 너의 언어를 닮고 싶어졌다. 그렇게 너에게 스며들고 싶다.

8.
아픔 속에서
삶을 쌓아가는 중입니다

얼마 전 뉴스에서 뜻밖의 소식을 전해 들었다. 벚꽃의 꽃망울이 맺혔다는 이상한 소식. 우리가 아는 벚꽃은 봄이 왔다는 소식을 전해주는 대표적인 꽃인데 단풍이 물든 계절에 피는 꽃이라니 참으로 신기한 현상이다. 개화하는 시기가 아닌데 꽃이 피는 것을 '불시 개화'라고 일컫는다. 이러한 현상이 발생한 이유는 올해 여름이 이례적으로 무더웠고 동남아에서나 볼 법한 스콜이 우리나라에도 발생하면서 벚나무가 생명에 위협을 느낀 탓이라고 한다. 꽃이 피는 시기가 아닌데 꽃이 피는 시기, 역설적이면서도 아름답다고 여겨진다. 이 모습은 마치, 꿈을 이루기 위해서 달려왔던 시간에 대한 보상이 예기치 않게 일찍이 마주하는 것처럼. 그래서 기약 없는 기다림보다 오히려 예기치 않게 찾아온 불시 개화를 맞이하는 것이 더 반갑겠다는 생각이 들었다. 어쩌면 인생에서 가장 찬란한 순간은 우리가 예상한 시기가 아니라 스스로도 준비되지 않았다고 느끼는 순간에 갑작스럽게 피어나는지도 모르겠다.

그럼에도 눈에 보이는 것이 다가 아니라는 사실을 우리는 지금껏 살아오면서 어렴풋이 알고 있다. 정상적으로 꽃이 피든 불시에 꽃이 피어나든, 두 가지 모두 쉽지 않다. 하나의 생명이 움트고 열매를 맺기까지 그 과정은 단순해 보일지 몰라도 꽃은 자신이 가진 역량을 온 힘을 다해 바쳐 존재를 증명해야 한다. 그렇기에 우리는 우리가 가보지 않은 길에 대해서 함부로 쉬이 입에 올려서는 아니 된다. 멀리서 바라보았을 때 그 길이 간단하고 단순해 보일지 몰라도 막상 걸어보면 우리가 보지 못했던 어려움이 존재하기 때문이다. 가시밭길을 지나치는 일은 늘 힘이 든다. 끝을 알 수 없어서 오는 불안감에 대해서 싸워야 하며 주변의 고까운 시선들로부터 견뎌내야 하기 때문이다. 그렇게 온전히 자기 자신만의 지지를 받으며 헤쳐 나가야 하기에 더욱이 고단하다. 그러다 가끔은 도저히 극복할 수 없을 것만 같은 한계에 봉착했을 때 두 가지의 선택지를 강요받게 된다. 한계점을 극복하고 앞으로 나아갈 것인가 아니면 이대로 멈춰 서서 자기 연민에 빠질 것인가. 우리는 벚나무가 생명의 위협을 받아 불시에 개화하듯이 한계에 봉착했을 때 생존이라는 고결함 앞에 결심을 내려야 하는 순간을 맞이하게 되는 것이다.

생존에 대한 위협 앞에서 우리는 애초에 가지고 있던 기질 또는 잠재의식 속에 숨어 있던 능력이 발휘된다. 그렇게 우리는 아픔이라는 과정을 거치고서는 한 단계 더 성장하게 되는 것이다. 아픔이라는 과정에서 장미는 줄기에 가시를 돋치며 생존을 위해 몸부림치듯이 우리 또한 아픔이라는 과정을 거쳐 삶을 쌓아간다. 알고 보면 달콤한 열매는 성공이라는 의미보다는 힘겨운 시간을 견뎌낸 시간에 대한 값진 경험일지도 모른다. 그 경험들은 앞으로 살아감에 있어서 중요한 영양분이 될 것이다.

결국은 서리 아래 꽃은 시들고 낙엽이 되어 썩어도 기어코 또다시 봄이 오면 흙 위로 새싹이 돋는 것처럼 이것은 금세 지는 이 덧없는 꽃이 우리에게 알려주는 삶에 대한 아름다움일 것이다. 그러니 우리도 일희일비하기보다는 하루하루 도망치지 않고 매일 자신의 일을 하며 살아가는 자세가 중요할지도 모르겠다.

아픔이라는 과정에서
장미는 줄기에 가시를 돋치며 생존을 위해 몸부림치듯이
우리 또한 아픔이라는 과정을 거쳐 삶을 쌓아간다.

9.
결혼으로 가는
불협화음들

입추가 지나서였을까. 요즘 들어 하늘의 분위기가 사뭇 달라졌다. 구름 한 점 없는 하늘이 가을이 다가왔음을 알게 해주었다. 올해 여름은 무섭게 찾아온 장마 탓인지 축축했던 일상에 지나지 않았는데 요즘 하늘을 보니 기분 전환이 되는 것 같다. 그러고 보면 사람마다 느끼는 계절은 다른 것 같다. 늦여름과 초가을 사이, 구름이 덩그러니 혼자 부유하는 것처럼 주변과 섞이지 않고 살아가는 모습이 마치 자유롭지만 외롭다고 느껴졌다.

오랜만에 I라는 친구를 만났다. 몇 년 전에 결혼한 그 친구는 벌써 아이가 둘이다. 물론 한 번에 두 명을 낳았으므로 첫 출산은 남들보다 두 배 이상으로 힘들었을 것이다. 그러다 보니 남들보다 무엇이든지 두 배로 힘든 육아를 하고 있다고 했다. 그래도 최근 들어 아이들이 유치원을 다니면서 조금은 자기 시간을 가지게 되어서 좋다고 한다. 그랬기에 이렇게 잠깐의 시간을 내어 나와 만나 이야기를 나눌 수 있으니 말이다.

오랜만에 만났기에 우리는 이런저런 근황 이야기를 나누었다. 그러다

I는 나에게 "당분간 아무것도 하지 않을 때 소개팅을 많이 해봐."라고 이야기했다. 친구의 말에 "나도 그 말에 전적으로 동의하지만 생각보다 쉽지 않아. 덧붙여서 솔직히 자만추를 하고 싶지만, 너도 알다시피 지금까지 혼자 하는 일이 익숙하기도 하고 워낙 집돌이 성향이 강하기에 새로운 사람과 마주치는 그런 이벤트 같은 상황이 일어나지 않아. 그래서 소개팅을 해야겠다고 생각은 하는데 이것 또한 나이가 들어서인지 과거에 비해 좀처럼 소개가 들어오지 않아."라고 대답했다. 그랬더니 I는 자신의 주변에도 나와 비슷하게 자만추를 하던 사람이 있었는데 아직까지 결혼에 골인을 못 했다는 말을 하면서 이제는 소개를 기다리기보다는 자신이 적극적으로 주변 사람에게 소개팅을 주선해 달라고 어필해야 한다고 강조했다.

소개팅해야 하는 이유는 명확히 알겠지만 해야 하는 명분이 아직 안 생기는 것 같다는 생각이 들었다. 그러면서 소개팅을 왜 안 하게 되었는지 이유에 대해서 I에게 말했다. "소개팅이라는 게 잘 모르는 사람에 대해서 알아가는 과정이 번거롭기도 하고 또한 이 사람이 정말 좋은 사람인지 아닌지 판단하기까지 많은 에너지를 쓰다 보니 소개팅을 회피하게 되는 것 같아. 자만추라는 게 내가 에너지를 쏟지 않아도 오랫동안 관계가 유지됨으로써 자연스레 상대방의 성향을 알 수 있으므로 더욱이 자만추를 하게 되는 것 같아."라고 말했다. I는 이 말에 반박이라도 하듯이

"네 말대로 물론 자만추를 해서 좋은 사람을 만나면 좋겠지만 솔직히 그럴 확률도 낮기도 하고 정말 결혼에 대해서 생각이 있다면 지금부터 꾸준하게 소개팅을 해야 해."라고 말했다. 그리고서 I는 자신의 성공적인 소개팅 이야기를 들려주었다. I는 주변의 친구에게 소개팅을 주선해 달라고 말하기보다는 직장 내에 직급이 있거나 연륜이 있으신 분에게 적극적으로 주변에 좋은 사람 있으면 소개해 달라고 어필을 했다고 한다. 그렇게 한 이유는 보통 친구들에게 있어서는 소개팅이란 게 단순히 스쳐가는 일회성에 불과할지 모르겠지만 연륜이 있는 사람들은 고심해서 나에게 맞는 좋은 사람을 소개해 줄 확률이 더 높다고 말했다. 그 말은 들은 나는 I에게 "참 너답다."라고 말했다.

　최근 들어서 결혼할 시기가 가까워져서인지 결혼한 지인들을 만날 때면 어떻게 한 사람과 평생을 함께하기로 결심했는지 질문하는 버릇이 생겼다. 보통 이런 질문에는 크게 2가지 답변으로 나뉘었는데 '한눈에 딱 이 사람과 결혼하게 될 줄 알았어.'라고 말하는 운명론적 대답과 '어떤 조건이든 이 사람만 한 사람을 앞으로 만나기 힘들 것 같아서.'라는 현실적인 대답이 있었다. 그러나 I라는 친구는 자신답게 이렇게 말했다. "지금 만나는 사람이 나중에 가진 것이 모두 없어지더라도 이 사람과 평생 함께할 수 있겠다."라는 생각이 들어서 결혼을 결심했다고 한다. 나는 I의 대답에 내가 지금까지 그리던 그런 이상적인 결혼관이라고 생각했다. 집으로 돌아오는 버스 창가에 기대어 결혼하게 된다면 I의 답변처럼 그런 사람과 하고 싶다는 생각이 들었다. 그러면서 '나는 누군가가 보았을 때 결혼에 관해서 마음의 자세가 준비된 사람일까?'라는 반문을 해보았다. 그렇게 결혼에 관해서 스스로에게 묻고 답하는 시간을 가졌다.

연애를 지나 결혼으로 가는 길에는 중요한 관문이 하나 존재한다고 생각한다. 그 관문에서는 연애 시절 서로가 서로에게 가지고 있던 환상을 무참히 깨버리고 현실이라는 문제를 직면하게 함으로써 진정으로 상대방의 의견을 수용할 수 있는 마음의 자세를 갖추었는가를 시험하게 하는 것 같다. 이 시험을 통과하는 사람들은 서로가 다름을 인정하고 그 모습들을 받아들이는 사람으로서 서로 다른 생활 라이프가 하나로 융합되어 가는 과정에서 일어나는 불협화음들을 화음으로 슬기롭게 만드는 것이 결혼이라고 생각한다. 어떻게 보면 신혼여행이라는 것은 결혼 이후에 처음으로 서로가 다름을 받아들이는 시련을 그나마 아름답게 미화시킨 하나의 시험일지도 모르겠다.

10.
모순되는 현실을
살아가는 사람들

조만간 이사할 계획이다. 이사할 동네를 찾아보면서 많은 것을 알게 되었다. 처음에는 단순히 집의 내부 모습에 대해서만 집중했었다. 말끔하게 다듬어진 집. 그러다 여러 집 사진을 보면서 그 기준은 조금씩 올라가기 시작했고 원하는 조건이 많아졌다. 화장실 타일은 너무 화려한 것보다는 단순했으면 좋겠고 주방은 인덕션보다는 가스레인지가 더 좋겠다는 생각. 그리고 테라스가 있었으면 하는 욕심. 이러한 욕심들은 취향을 가장 잘 반영했기에 생겨났을 것이다.

오랫동안 타지 생활을 해서 그런지 깔끔한 주방을 갖고 싶었고 그 자리에서 요리하면서 건강한 음식을 만들어내고 싶었다. 가끔 지인들이 놀러 오면 손수 만든 요리를 대접할 수 있는 큰 테이블이 차지할 수 있는 공간이 필요했으며, 손님방으로 사용할 수 있는 공간도 필요했다. 또한, 어느 날 날씨가 무척이나 좋아, 햇볕을 받으며 테라스에서 커피 한 잔과 함께 한가히 여유를 만끽하고 싶었다. 그런 공간을 찾다 보니 어느새 도시권에서 벗어나는 지역이 되어버렸다. 여기서 또 한 번 혼란이 찾아왔다. 지금까지 시골에 살았기에 도시의 풍요로운 인프라를 갖고 싶었다. 집 대문을 나서서 몇 발자국 이내에 대중교통을 이용할 수 있었으면 좋겠다는 생각과 적당한 인파로 너무 붐비지도 그렇다고 스산하지도 않은, 적당히 사람들이 있었으면 좋겠다고 생각했다. 그리고 가끔 집에서 글을 적는 것이 집중되지 않을 때 근처 카페에 들러서 사람 사는 모습을 구경하며 생각을 환기할 수 있는 그런 삶을 희망했다.

이렇듯 욕심은 욕심을 키워내고 아는 것이 많을수록 그 기준이 높아져 간다. 이것은 연애에 있어서도 결혼에 있어서도 매한가지였다. 이것은 숱한 연애를 통해 오는 결과물이자 지금껏 살아오면서 축적된 온전한 취향을 반영한 것이다. 또 한편으로 주변의 영향이 만들어낸 부산물 같은 것일지도 모르겠다. 그랬기에 미래를 함께 그려갈 상대라는 점에서 이러한 기준이 더없이 가중되어 평가되는 듯하다. 육각형의 사람. 그런 사람을 만나는 일이 쉽지 않다는 것이 현실이지만 그럼에도 그런 사람을 만나고 싶다는 이상과 과연 스스로가 그런 사람인지, 이런 모순되는 상황이 만들어낸 현실 속에서 살아가는 사람인 것 같다. 너무 많은 정보가 만들어낸 허상이 어떨 때는 잘못된 시각을 가지기도 하는 법이니깐. 더 중요한 것은, 결국 우리가 선택하는 삶이 우리가 살아갈 공간을 결정하고, 함께할 사람이 우리의 삶의 모습을 만들어간다는 사실이다. 집이 아무리 완벽해 보여도 그 안을 채우는 삶이 공허하다면 무슨 의미가 있을까. 연애와 결혼도 마찬가지다. 완벽한 조건을 갖춘 사람을 찾는 것보다, 서로의 결핍을 채워주며 함께 성장할 수 있는 관계를 만들어가는 것이 더 중요할지도 모른다. 그러니 부디 불필요한 것들을 버릴 수 있는 용기와 본질을 볼 수 있는 지혜를 갖기를 소망한다.

11

우리가 멈춰 섰던
순간들

현대인들은 바쁜 일상 속에서 시간을 조금이라도 허투루 쓰는 것에 대해서 몹시 못 견딘다. 오죽하면 술을 업무처럼 밤새우면서 마실까. 그러한 사람들 속에서도 유독 느리게 걷는 사람들이 있다. 차를 타고 여행을 하다 보면 가끔 마주치는 슬로 시티와 같은 여유라는 시간 속에서 살아가는 사람. 취업 준비로 최근까지 바삐 살았던 나에게 보상이라도 하는 듯 요즘은 느린 걸음으로 하루하루를 살아가고 있다. 어떤 날에는 집 안에 박혀 몇 날 며칠을 집 밖으로 안 나가는가 하면, 또 한번 나가기 시작하면 몇 날 며칠을 전국 오지를 찾아 떠나는 여행을 하는 일을 번갈아 하며 살고 있다.

한번은 강원도로 여행을 떠났다. 목적지는 속초로 정해두고 가는 길은 마음 가는 대로 정했을 때였다. 그러다 중간에 정선읍을 지나쳤다. 산이 험준하고 구불구불 줄지어 내려가는 계곡의 모습이 장관이었다. 외진 길로 조금 더 들어가니 한 마을 어귀에서 밭일하는 사람들이 보였다. 마을은 차도가 있지만 차가 다니지 않을 것만 같은 기분이 들었고 고요히 흘러가는 마을이 만들어낸 분위기가 시간이 멈춘 듯한 느낌마저 들게 했었다. 그러다 경운기가 돌아가는 기계 소리와 저기 뙤약볕 아래에서 밭일하는 사람들의 구슬땀이 마치 지금 당장이라도 이 적막함을 깨고 흘러내릴 것만 같은 기분이 들었다.

언제부터인가 이런 고즈넉함이 만들어내는 분위기를 좋아하게 되었다. 이러한 기분은 여행을 떠나야만 느낄 수가 있었는데 우리가 평소 다니던 길과 익숙한 장소, 모든 행동반경에서부터 완전히 벗어나서 새로운 공간에서 고립되었을 때 비로소 느낄 수 있는 감정이기 때문이다. 우리는 일상 속에서 사람과 사람이 만든 수많은 관계에 얽혀 살아가며 때로는 그 관계들 속에서 고립되기도 한다. 우리는 너무 많은 관계에 엮여서 살아가는 존재이기에 관계가 만들어낸 거미줄에 엉켜서 본연의 존재 의미를 망각한 채 살아가는지도 모른다. 그래서 가끔은 일상으로부터 이탈도 필요한 법이다.

여행이란 단순히 공간의 이동이 아니라, 스스로를 바라보는 새로운 시각을 열어주는 행위일지도 모른다. 익숙함에서 벗어나 낯선 풍경 속에 놓였을 때 우리는 비로소 내면의 소리에 귀 기울일 수 있다. 바쁜 삶 속에서 잊고 있던 감각을 깨우고, 온전히 '나'라는 존재를 마주할 수 있는 기회가 된다. 결국, 우리는 떠나기 위해 떠나는 것이 아니라, 더 잘 살아가기 위해 떠나는 것이다. 가끔은 아주 가끔이라도 좋으니 여행을 떠나보자. 낯선 곳에서 맞이하는 것들에 대해 잠시 멈춰 서서 느껴보자. 그러함으로써 반갑게 맞이하자. 새로운 나의 모습을. 그리고 일상으로 돌아와 삶이라는 빠른 시간에 치이는 것 같을 때 되돌아보자. 우리가 멈춰 섰던 순간들에 대해서.

우리는 떠나기 위해 떠나는 것이 아니라,
더 잘 살아가기 위해 떠나는 것이다.

12.
끝과 어울리는 사람

전국적으로 폭설 소식이 전해졌다. 재미있게도 경남 지역은 그 소식으로부터 달아났었다. 경남 지방으로 이사 온 지 얼마 되지 않았지만 내가 태어나고 자라난 이 고향에서는 눈이라는 소식을 접하기는 드문 일이다. 이십 대 초반까지 이 지역에서 살았지만, 겨울이라서 눈을 맞이한 적은 거의 없었던 것 같다. 그래서인지 첫눈 내리는 날에 다시 만나자는 말이 유난히 애틋하게 느껴지는 말처럼 와닿았는지 모르겠다.

이상하게도 끝을 보지 못하는 성격을 가지고 있는 듯하다. 책을 읽는다거나, 영화나 드라마를 본다거나 재미있어도 끝까지 집중해서 보는 일은 거의 드물다. 늘 끝의 앞에서 멈추는 일이 허다하다. 왠지 끝을 보게 되면 지금까지 느꼈던 희열이나 애환, 좋아했던 모든 감정들이 고스란히 사라질 것 같아서 그랬는지도 모르겠다. 그러고 보면 이러한 성향은 일에 있어서도 비슷했던 것 같다. 누구보다 치열하게 준비했지만 늘 결과는 기대하던 것과 달리 성과가 따라오지 않았으니깐. 그래서였을까. 나란 사람은 끝이 다가올수록 존재의 가치가 희미해진다는 기분이 들었다.

비록 열두 달 중 십이월에 태어났지만 나란 사람은 끝과는 어울리지 않는 사람인 것 같다. 연말이 되면 사람들은 분주히 한 해를 마무리하지만 나는 보통 사람들과는 달리 늘 혼자였기 때문이다. 하지만 어쩌면 한 해가 저물어가는 마지막 달에서 혼자 보냄으로써 그동안 바삐 살았던 터에 추스르지 못했던 감정이나 이야기를 들어 곱씹을 수 있어서 새해를 오롯이 맞이할 수 있었는지도 모르겠다. 역시 끝보다는 시작에 더 어울리는 사람이 되고 싶었는지도 모르겠다.

시간은 시작과 끝이 명확히 존재한다. 하루는 스물네 시간으로 정의해 놓은 시간이 그러하고, 우리의 삶 또한 태어남과 동시에 죽음에 이르기까지 일련의 시간들이 그러하다. 우리는 아직 끝을 모르기에, 어떨 때는 시간이 너무 빨리 흘러 시간이라는 망각 속에서 위로를 받기도 하며, 때론 끝이 오지 않기를 바라기도 한다. 생애 마지막 순간이 아직 안 왔으니 더 살아가야 하는 이유가 생긴 것이다. 그것도 죽음 뒤에 오는 희미하게 사라져 가는 것이 아니라 살아 있기에 존재의 의미를 뚜렷하게 발하는 것처럼.

내가 사는 고향은 좀처럼 눈이 오지 않는다. 눈이 내릴 때면 이는 죽음과도 같은 고별을 말하는 것 같기도 하고 첫눈이라는 말처럼 시작을 말하는 것 같기도 하다. 나는 끝과 어울리지 않는 사람이라서 부디 삶의 끝자락에 섰을 때 한 치의 후회가 남지 않는 그런 삶을 살아온 사람이길 바란다. 첫눈이 내리는 날, 삶에 유의미한 흔적이 함께 새겨질 수 있기를. 그 작은 결정들이 모여서 삶의 의미를 다채롭게 하고, 끝에 이르렀을 때 지금까지 살아왔던 흔적들과 우리가 만난 사람들, 사랑했던 것들 그리고 이 세상에서 느꼈던 감정들이 하나하나 기억 속에 고스란히 담겨 끝이 다가와도 두렵지 않게 그리고 고요하게 마무리되기를 바란다.

13.
자유롭지만
외롭다고 느껴질 때

가끔은 이유 없이 무언가에 쫓기는 기분이 들 때가 있다. 잠깐이라도 쉬기라도 하면 도태될 것만 같은 두려움에 사로잡혀 무엇이라도 해야만 할 것 같은 강박에 몸을 움직이고는 하는데 이럴 경우에는 비효율적인 결과물을 만들기도 한다. 그렇게 자신의 페이스를 잃어버린 채 휩쓸리다 보면 최초에 목표했던 방향과는 달리 궤도에서 벗어나는 일이 발생한다. 이럴 때는 과감히 생각을 지우고 아무것도 하지 않는 것도 좋은 방법이다. 나는 보통 이런 순간이 오면 여행을 떠난다. 여행은 마치 반복되는 일상 속에서 지친 마음에 안락함을 제공하는 원동력이 된다. 또한, 평소 생활 반경에서 벗어나 낯선 풍경과 새로운 사람들을 만남으로써 삶에 환기를 불러일으키기도 한다. 어떻게 보면 여행이란 풍경을 감상하는 것만이 아니라 익숙한 환경에서 벗어나 낯선 곳에서 자신을 드러냄으로써 자신의 내면을 들여다보고 자신의 성향과 취향, 그리고 잊고 있던 감각을 깨우기 위한 여정일지도 모르겠다.

최근에 방 안에 틀어박혀 아무것도 하지 않고 휴식만을 취한 지가 어느덧 한 달이 넘어가던 중이었다. 바쁜 일상에서 휴식은 누구에게나 달콤하게 원하는 안식처 같은 것이지만 나에게는 현재 도피해야 하는 공간에 지나치지 않았다. 아무리 올바른 자세라도 오랫동안 유지하면 몸에 무리가 오듯이 지나친 휴식은 삶을 무기력하게 만들기에 충분했기 때문이다. 그렇게 '여행이나 떠나볼까?'라는 생각까지 이르렀다. '이참에 길게 해외여행을 다녀오자, 지금이 아니면 언제 이렇게 또 길게 여행을 할 수 있을까?'라는 생각에 여기저기 해외여행지를 물색하기 시작했다. 여러 여행지가 후보군에 오를 때쯤 이미 여행을 떠난 것만 같은 기분이 들었다. 그러다 혼자 여행을 간다고 하니 왠지 모르게 쓸쓸해졌고 여행지에서 고독사할 것 같은 기분이 들었다. 그래서 일하고 있는 친구들에게 연락을 쫙 돌렸다. 물론 연락을 돌리면서도 같이 못 갈 것을 알고 있지만 그래도 함께하고픈 마음을 전달하고 싶었는지도 모르겠다. 그러다 누군가 한 명이 나와 같이 여행을 가자고 답장을 하였다. 예전에 함께 일했던 직장 동료였는데 K라는 친구도 지금 퇴사를 해서 시간이 붕 뜬다고 했고 마침 여행을 같이 갈 수 있을 것 같다고 대답을 했다. 그렇게 같이 만나 어디로 여행을 갈지 장소를 정하면서 일정을 조율하던 중 문득 이런 생각이 들었다. 과거에 꽤 가까웠던 사이였는데 같이 여행을 떠나도 되는 관계가 맞을까. 서로 왕래가 끊긴 지 조금의 시간이 지났는데 그래도 같이 간다면 즐거울까. 여행의 끝에 다다랐을 때 행복할까. 그러다 혼자 여행을 가야 할까. 여러 가지 생각이 머릿속을 헤집고 다녔다.

혼자 여행을 간다는 것도 참 난처하고 그렇다고 같이 가자니 그것도 참 난감하다. 결국에는 K에게 사실대로 말하고선 혼자 여행을 가게 되었다. 비록 혼자 떠나게 되었지만, 마음이 한결 편하다고 생각을 했다.

 사람과 사람 사이에는 보이지 않는 필연적인 거리가 존재한다. 그러한 거리는 혼자만의 공간을 만들어 다른 사람이 그 공간을 침범하는 것에 대해서 달가워하지 않는다. 이러한 공간은 자신을 자유롭게 만들기도 하지만 이 공간이 지대하게 커져 버리면 외롭게 만들어버리는 존재가 되어버린다. 우리는 늘 혼자이고 싶다는 생각에도 막상 혼자이면 외로워지는 것처럼, 정서적 거리감은 고독함과 외로움을 만들면서도 때론 혼자이고 싶은 마음을 만드는 모순적인 면이 참으로 아이러니하다. 그러나 고독과 외로움 사이에서 우리는 자기 자신을 발견하고, 우리만의 속도로 나아갈 수 있는 법을 배운다. 그러니 이 거리마저도 언젠가는, 우리를 더 깊이 이해하는 계기가 될 것이다. 그렇게, 나는 혼자 여행하기로 했다. 그리고 그 선택이 조금은 편안하게 느껴졌다.

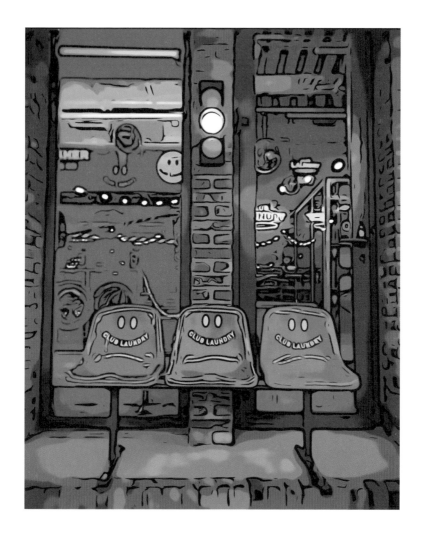

우리는 늘 혼자이고 싶다는 생각에도
막상 혼자이면 외로워지는 것이 참으로 아이러니하다.

14.
다들 잘 지내시는가요

    수도권에서 거주한 지 열 번의 계절을 맞이하였을 때 이곳에서의 생활을 정리하고 이제는 지방으로 내려가기로 결심했다. 결심하게 된 이유는 앞으로 일할 직장이 지방에 있었기 때문이다. 아쉬움을 뒤로하고 이사 날짜를 정하고 짐을 정리하던 중 K라는 친구로부터 연락이 왔다. "오빠, 내려가기 전에 한번 얼굴 봐야지?" 반가운 목소리에 "당연하지." 라고 대답을 했다. 이렇게 떠나가는 사람을 찾아주는 사람이 곁에 있다는 게 얼마나 행복한 일인지 참으로 K에게 고맙게 생각한다.

    K는 소방공무원을 준비하면서 알게 되었는데 어른스럽고 현명한 친구이며 남을 배려할 줄 아는 친구이다. K를 통해서 소방공무원을 함께 준비했던 몇 명의 친구들과 가벼운 술자리를 가졌다. 현재 이 친구들은 소방학교에서 교육을 받느라 몸과 마음이 지친 상태임에도 불구하고 나를 만나러 와준 것에 대해서 고마웠다. 이런 자리를 마련해 준 친구들에게 감사하다고 표현하고 싶었지만 아직까지 감정을 내비치는 게 서투른 나라서 그러지는 못했다. 그럼에도 나의 마음이 그 친구들에게 잘 전달

되었으면 하는 바람이다. 친구들과 기분 좋게 시간을 보내고 헤어질 시간이 다가왔다. 조금 더 함께하고 싶었지만 각자 집으로 돌아가는 버스의 막차 시간이 도래했기에 어쩔 수 없이 오늘이 마지막이 아닌 것처럼 서로의 발걸음을 옮겼다.

집으로 돌아가는 길에 오늘의 아쉬운 마음을 달래기 위해 편의점에 들러 맥주 4캔을 샀다. 현관문을 열어 방 안으로 들어가니 반기는 것은 어두컴컴한 집 안이었다. 왠지 모르게 씁쓸한 기분이 마음을 먹먹하게 만들었다. 샤워를 마친 뒤 잔잔하게 음악을 틀고 맥주를 마시다 보니 문득 슬퍼지기 시작했다. 피자라는 완벽한 한 판에서 한 조각이 떨어져 나갔을 때 가져다주는 어색함처럼 익숙했던 무언가가 사라져 버린 듯한 감정을 받아들이는 게 서툴렀다. 이유 따위는 없었다. 모처럼 기분 좋게 술을 마셨는데 왜일까. 왁자지껄한 분위기가 적막함으로 변했기 때문이었을까, 아니면 평소처럼 혼자 보내던 시간에 누군가와 함께 공유한 것이 삶의 한 부분에 영향을 끼쳐서였는지는 알 수가 없다.

몸에는 항상성이 존재한다. 항상성이란 다양한 자극에 변화하지 않고 기존 상태를 일정하게 유지하는 것이라고 한다. 적당한 취기가 이 항상성이라는 존재를 부각했다. 지금까지 혼자 있었던 삶에서 누군가와 함께한 시간이 촉진제로 작용하여 슬픔이라는 결과를 가져다주었다. 오히려 술에 취해 인사불성이 되었다면 지금의 이 울적한 기분을 느끼지 않았을지도 모르겠다. 살다 보면 이러한 이유 없는 슬픔이 찾아오곤 한다. 대개 가을이 진입했을 때 주로 느끼는데 이를 '고독'이라고 사람들이 지칭한다. 가을이 절정에 이루었을 때는 적당히 서늘한 밤공기에 가벼운 외투가 가져다준 따스함이 마치 누군가의 온기를 애틋이 찾듯 지독하고도 쓸쓸한 고독함에 빠지는 것 같다. 가끔은 이런 고독함을 즐기는 편인데 이런 고독함은 자주 찾아오는 것이 아닌 것을 알기 때문에 이 계절에만 느낄 수 있는 이런 고독함을 좋아하는 편이다. 그러고 보면 이런 감정을 느낄 때면 이윽고 찾아오는 것은 과거에 대한 회상이다. 과거의 특별한 시점으로 되돌아가 '만약 내가 그때 그 순간에 그렇게 하지 않았다면 지금쯤 어땠을까?'라는 반성 아닌 반성을 하듯이. 그러고 보면 사람과 사람이 만나고 헤어지는 일을 처음 경험한 곳이 군대였다.

군대 시절 짧게는 1년, 보통 2~3년에 한 번은 이사했기 때문에 10년간 군 복무하며 이사만 6번 했다. 처음에는 정든 사람들과 익숙한 도시를 떠난다는 게 여러모로 어려운 일이었다. 항상 느끼는 감정은 미묘 복잡했는데 한마디로 시원섭섭하다가 가장 알맞은 표현인 것 같다. 잦은 이사가 가져다준 장점은 새로운 환경에서 적응하는 것이 빠르다는 것이었다. 그리고 과거에 함께한 인연에 대해서 쉬이여기지 않는 마음과 함께했던 추억이 깃든 장소를 소중히 여기는 마음이 생겼다. 이런 일을 반복하다 보면 어느새 무덤덤해질 법도 하지만 이게 참 쉽지는 않은 일인 듯하다. 그래서 더 이상 이런 감정을 느끼고 싶지 않아서 전역하게 되었는지도 모르겠다.

'회자정리'라고는 하지만 이렇게 떠나보낸다는 것은 늘 어려운 일이다. 그랬기에 사랑 앞에서는 늘 이별이 두려웠는지도 모르겠다. 오늘 따라 알 수 없는 감정들이 마음을 관통해 버렸기에 지금까지 스쳐갔던 사람들의 현재 모습들이 궁금해졌다. '다들 잘 지내시는가요?' 이 적막을 깨지 못한 대답이겠지만 무수히 지나쳤던 사람들을 통해 많이 웃었고, 그리고 헤어짐도 알게 되었습니다. 덕분에 삶의 중요한 부분을 조금은 채운 듯합니다.

15.
수채화 같은
당신이 좋았어

　진하지 않은 것을 좋아합니다. 수채화 같은 그런 것들을요. 전시회에 가서 수채화 같은 그림을 바라보고 있으면 이상하게 기분이 편안해집니다. 화자가 어떤 마음으로 이 그림을 그렸는지는 정확히는 알 수 없지만 흐릿한 물감 속에서 조금은 알 것만 같은 기분이 들기 때문입니다. 옅은 선이 하나씩 하나씩 어울릴 때마다 잔잔한 물결을 만드는 것만 같아 마치 살아 있는 감정처럼 마음에 닿을 것만 같습니다.

　선명한 것들은 되레 부담스럽습니다. 선명함은 빛이 되기도 하지만 가끔은 명암의 대비처럼 어두운 모습을 완연히 잘 나타내기도 합니다. 선명함은 그림자를 부각하게 만듭니다. 드리워진 그림자를 유심히 보고 있으면 무서워집니다. 어두운 부분은 우리가 평소에 꽁꽁 숨겨두었던 감정을 들추어내기 때문입니다. 어둠 속에 무엇을 숨겼는지는 각자 사람마다 다 다르겠지요. 그러나 그것들을 남들에게 보여주는 것에 대해서는 다들 하나같이 꺼릴 것은 분명합니다. 사람들은 그런 어두운 면을 들춰내는 것을 좋아하는지 삼삼오오 모여서 대화의 화두로 자리매김합니다. 그러고선 무엇이 그리 좋은지 깔깔 웃기도 합니다. 사람들은 웃음 속에서 감춰진 사실을 잘 모르는 듯합니다. 그 화두에는 본인도 오르락내리락할 수 있다는 사실을요.

그래서 그런 것들로부터 멀리했는지도 모르겠습니다. 멀리하는 대신에 자신의 내면에 대해서는 가깝게 지내려고 노력했습니다. 비록 숨겨두었던 외면받은 감정일지 몰라도 이것 또한 살아가는 과정에서 생긴 어엿한 한 부분일 테니깐요. 그래서 소외당한 것들에 대해서 마음이 더 가는 듯합니다. 길을 걷다가 세월의 흔적이 무던히 쌓인 담벼락이라든지, 언제부터 홀로 이 자리를 굳건히 지켰는지 알 수 없는 나무 같은 것들을요.

오래 입어 해져버린 옷들에는 평안함을 넘어 정이 들어버렸습니다. 해졌음에도 쉬이 버리지 못하는 이유는 몇 해 동안 함께하면서 고스란히 추억이 자리 잡았기 때문이지요. 그래서 오래된 것들을 고이 옆에 두고 싶었는지도 모르겠습니다. 이런 게 애착일는지는 알 수 없지만 익숙함이란 수십 번의 밤을 보내더라도 그리운 감정인 것 같습니다. 한동안 잊고 살더라도 옅은 숨만으로도 그때의 감정과 추억이 떠오르는 것처럼 그리워할 대상이 옆에 있다는 것은 어쩌면 애틋함이라는 감정이 아닐까 합니다. 두터운 옷을 정리하면서 옷깃에 남아 있는 긴 머리카락은 그리움이었는지 애틋함인지는 알 수 없어서 한동안은 옷 정리를 미루었던 기억이 있습니다. 아직 버리지 못한 감정이었는지, 한동안 숨겨두었던 소외된 기억이었는지, 선명했던 것들이 연해지도록 천천히 아주 오래도록 기다렸습니다. 연해질수록 흐릿했던 것은 되레 선명해져 시간의 흔적으로도 지우지 못한 기억 하나가 떠올랐습니다.

"너는 내게 수채화 같은 사람이야. 뜨겁게 달아오르지 않아서 살며시 다가오는 네 걸음을 내게 느끼게 해주는 사람이거든. 비록 선명한 표현은 없지만 옅은 미소만으로도 네 감정을 알 수 있게 해주는 그런 당신이 좋았어. 수채화 같은 옅은 당신의 미소가 좋았어."

16

담을 수 없는 것을
사랑한 당신에게

어떤 계절이 가져다준 풍경의 아름다움을 좋아한다. 하얀색과 분홍색이 어울려 하늘을 가리듯이 점찍어 놓은 모습이나 초록색이 무성하게 피어올라 잎사귀에 베일 듯한 뙤약볕의 뜨거움, 바닥에 얼룩덜룩 묻은 여러 가지의 색감이 바스락지는 소리, 모든 것이 태초의 상태로 되돌아가는 듯한 순수함이 지배한 세상. 이것들은 어떤 계절에서만 볼 수 있는 대표적인 풍경들이다. 이러한 풍경들을 만끽하는 것도 좋지만 때론 일상 속에서 예기치 않게 모습을 드러내는 풍경들도 좋아한다. 노을이 떠나갈 때 들판에 두고 간 황금빛이라던가, 비현실적으로 하늘에 스윽 칠해진 말로 형용할 수 없는 색감의 부조화, 하루는 너무도 잔잔해서 모든 것을 포용할 만큼 끝이 보이지 않다가 또 하루는 폭풍이 몰아치는 바다. 이처럼 자연은 우리에게 매일 새로운 선물을 보내주는 듯하다.

자연이 선물해 준 것은 우리의 감정선에 영향을 미친다. 이것은 명확히 정의 내릴 수 없는 감정이지만 우리는 보통 황홀함이라던가 설렘, 몽환적이다고 표현하기도 한다. 이런 것을 보면 풍경만큼이나 사람들이 느끼는 감정도 다채로운 듯하다. 가끔은 풍경이 가져다준 강렬함에 빠지고는 한다. 강렬하다는 것은 눈은 뗄 수 없을 만큼 불가항력적이라 시선이 머무는 것이고 강렬함 이외의 존재에 대해서는 앗아가는 것이다. 그랬기에 시선이 머무는 동안에는 마음속에 품고 있는 여러 가지 고민마저도 생각나지 않게 만든다. 정신이 한곳으로 쏠려 사고의 회로가 멈추는 것은 비단 풍경을 바라보았을 때만 나타나는 것이 아니다. 사랑에 빠졌을 때 우리는 사랑이라는 감정 외의 것들을 배제하는 것처럼 사랑은 강렬함과 참으로 닮아 있다. 사랑할 때에는 온통 상대방에게 집중한다. 사랑이 커져갈 때는 자신의 마음에 대해서는 소홀해진다.

끝내 우리는 상대방에게 사랑을 갈구하며 사랑 때문에 힘겨워하는지도 모른다. 사랑은 강렬하지만, 그만큼이나 빨리 뒤돌아서는 듯하다. 그래서 우리는 이별을 맞이하는지도 모르겠다. 강렬했기에 이별 뒤에도 한동안 사랑이라는 이름으로 이별을 앓아야만 했다. 이별에 대한 치료는 무섭게도 사랑이었다. 사랑 때문에 이별했고 그랬기에 아팠는데 결국은 사랑이 치료법이다. 아픔에는 내성이 생기지만 사랑에는 내성이 없다. 그래서 아플 것을 알지만 기꺼이 사랑하려 하는 것이다. 사랑의 끝이 정해져 있지 않아서 비록 그것이 이별이 만든 덫일지라도 사랑에 빠지고 싶은 마음을 이길 수가 없다. 예기치 않게 찾아오는 풍경처럼 스쳐가는 사랑이라도 그 순간을 놓치지 않고 꼭 부여잡고 싶다. 지나간 사랑보다는 지금의 사랑을 하고 싶다. 그러니 지금 너를 사랑하고 있다.

'어떤 계절이 가져다준 풍경의 아름다운 순간들을 당신은 사진으로 담아보려 하였지만 끝내 담을 수 없어서 뾰로통한 표정으로 돌아서고서는 나를 쳐다보던 당신, 그 순간 나 또한 담을 수 없는 것을 담아보려 하였습니다. 담을 수 없는 것들을 사랑한 당신을 내 두 눈에 담아보려 하였습니다.'

아픔에는 내성이 생기지만 사랑에는 내성이 없다.
그래서 아플 것을 알지만 기꺼이 사랑하려 하는 것이다.

17

'오후 세 시' 같은 관계

햇살이 창가를 타고 들어왔다. 잠든 사이에 살며시 다가온 햇살은 안녕이라는 짧은 인사도 없이 해가 중천으로 넘어가고 있었다. 이렇게 늘 오후 세 시가 되면 마지못해 일어나는 게 주말의 시작이었다. '오후 세 시'는 이러지도 저러지도 못하는 참으로 어정쩡한 시간이다. 몸은 일어나야겠다고 알리지만, 마음은 아직 쉬고 싶어 한다. 할 일도 많지만, 뭘 먼저 해야 할지 모르겠고, 그러다 보니 아무것도 하지 않게 된다. 그런 시간이 계속 이어지면, 결국 하루가 끝날 때쯤 내가 무엇을 했는지 알 수 없는 기분이 든다.

살다 보면 '오후 세 시'처럼 애매한 순간들이 있다. 요즘은 관계에 있어서 그런 일들이 많다. 최근에 직장 동료로부터 청첩장을 받았다. 단순히 일면식만 있는 동료로부터 청첩장을 받았을 때 참으로 고민을 많이 했던 것 같다. 잘 알지도 못한 사이인데 함께한 시간이 적어 많은 것을 나누지도 않았는데 이렇게 청첩장을 주다니 우리의 관계가 생각보다 많이 진전되어 있었던 건가 하곤 말이다. 한 친구는 청첩장에 대해서 이렇게 말한

067

적이 있었다. 오랫동안 연락을 안 하던 친구로부터 청첩장을 받았을 때 너무 고민하지 말라고. 가고 싶으면 가는 것이고 그게 아니라면 안 가도 된다고. 그리고 말하길 오랜 시간 동안 연락이 끊겨 소원해진 관계는 나이가 들다 보면 자연스레 있는 일이라고 한다. 직장을 갖기 시작하면서 지역이 달라져 물리적으로 멀어질 수도 있고 서로의 관심이 달라져 마음이 멀어질 수도 있다고. 그렇게 살아가다 보면 연락이 소원해지는 것은 당연한 일이라고. 그럼에도 이렇게 연락한 이유는 나와 함께했던 추억이 인생에 있어서 소중한 부분이었기 때문이다. 그러니 소원해진 관계로부터 청첩장을 받게 된다면 감사하게 여겨야 한다고 말했다.

그러고 보니 살다 보면 '오후 세 시' 같은 순간들이 많이 있었다. 연애에 있어서는 권태기의 무렵이 그러했다. 그 시기에는 서로가 서로에게 만나자고 말하지도 않았고, 서로에게 관심도 무뎌지기 시작했었다. 처음의 설렘은 변질되어 함께 나누었던 추억은 희미해졌고 더 이상 서로를 바라보는 일도, 상대에게 어떤 감정도 느껴지지 않는 시점이 왔다. 일을 하는 순간에도 그러했다. 처음 입사했을 때는 패기와 포부로 가득했고 사내에서 이루고 싶은 업적이 있었기에 아무리 업무가 힘들더라고 기꺼이 수고를 마다하지 않았었다. 그러나 연차가 쌓이면서 자연스레 초심은 희미해졌고 마음이 무뎌졌다. 인생도 그래했다. 나이가 들어가다 보니 더 이상 처음에서 오는 설렘은 없어졌고 자연스레 모든 것이 재미가 없어졌고 매일 반복되는 일상에 지쳐가고 있었다.

　어쩌면 이 모든 것은 어정쩡한 '오후 세 시' 같은 시간 때문이었다. 그러니 요즘 누군가가 나에게 다가와 요즘 왜 그러냐고 물어본다면 참으로 '오후 세 시와 같이 어정쩡하지요?'라고 말해본다. 이 애매한 시간이 내가 무엇을 하고 있는지, 나의 방향이 어디로 가고 있는지 모르게 하겠지만 이 시간이 지나고 나면 어느새 또 새로운 방향을 찾고 있을지도 모르겠다. 마치 '오후 세 시'가 지나고 나면 해가 지는 방향으로 자연스럽게 전환되는 것처럼.

18.
그만그만한
생채기 여러 개

　요즘은 별일 없이 살아간다. 살아가다 보니 이미 그만그만한 생채기는 여러 개가 생겼다. 처음에는 죽을 것 같이 힘들더니 이제는 웬만한 생채기에는 무덤덤하다. 살아보니 생채기는 머지않아 세월의 흔적 속에서 또 다른 추억으로 자리매김할 것을 안다.

　노를 젓는다. 물이 없어도 계속해서 저었다. 제자리인 것을 알고 있음에도 나아가기 위해 애쓰고 있다. 반들반들했던 손바닥의 표면에 자극이 전해온다. 자극은 거칠기도 하며 날카롭기도 하다. 자극으로부터 자신을 보호하기 위해 굳은살을 만들어낸다. 굳은살은 처음에는 물렁물렁했으나 여러 번의 고통 속에서 제자리를 찾듯 점차 단단해지기 시작했다. 손바닥은 굳은살 덕분에 통증에 내성이 생겼는데 마음에는 아직 고통에 대한 내성이 자리 잡지 못한 듯하다.

　우리가 살아가는 세상에는 일반적으로 길이 정해져 있기에 이에 순응하면서 살아가는 것이 정론에 가깝다. 좋은 대학을 가고 좋은 직장에 취업하고 그리고 좋은 배우자를 만나 결혼하는 일, 이것은 사회가 만든 일련의 프로그램처럼 순응하지 않으면 이것이 마치 바이러스인 것처럼 주변으로부터 외압이 들어오기도 한다. 이처럼 남들과 다른 길을 가는 것에 대해서 자신의 포부를 밝혔을 때는 주변으로부터 알 수 없는 반응들이 반긴다. 응원보다는 걱정 어린 시선으로 과연 '네가 할 수 있겠냐'라는 깔보는 듯한 시선을 온몸으로 받았을 수도 있고 때론 언어적 표현이든 비언어적 표현이든 무차별적인 공격을 받아야 할지도 모른다. 주변으로부터 그런 반응을 받을 때면 자기 자신을 돌보듯 '괜찮다.'라며 위로를 한다거나 아니면 '내가 가는 길이 정답이다.'라는 것을 증명해 보이겠다고 다짐을 하는 것이다. 그럼에도 불확실한 미래를 위해 보이지 않는 길을 나아가는 것에 대해서는 늘 두려움이 있다. 한 발 한 발 내딛는 걸음마다 '이게 맞는 것인가?', '내 선택이 틀린 것일까?'라는 의구심이 들기도 하며 자기에 대한 확신에 점차 흐려질 때도 있다.

세상이 만만치 않듯이 돛에 역풍이 불어 앞으로 나아가는 것을 가만히 내버려두지 않는다. 그렇게 우리는 몹쓸 시련을 맞이하기도 한다. 시련이라는 것이 운이라는 것과 닮아 있다. 둘 다 예기치 않은 순간에 찾아오기 때문이다. 하나는 사람을 무너뜨리고, 또 하나는 사람을 일으켜 세운다. 이것이 운인지, 시련인지 알 수는 없다. 로또에 당첨되는 것이 큰 행운이 찾아온 것은 맞겠지만 그 결과가 꼭 운으로 매듭되지는 않는 것 같다. 가령 운을 흥청망청 쓴 결과 폐단의 길을 걷는 것처럼 말이다. 반면에 시련이라고 생각했던 순간들이 겹겹이 쌓여서 누구든 넘보지 못할 경험이 되고 이를 통해 자신의 가치를 성장할 수 있는 자강제가 되기도 한다. 이처럼 인생은 단편적이지 않다는 것을 이제야 조금은 알 것 같다. 꿈을 위해 수많은 침묵이라는 시간 속에서 아파했고 쓰라렸던 순간들을 인내했으며, 치열함 뒤에 찾아오는 뜨거움에 울컥하듯이 토해내 보기도 하고 때론 모든 것을 불태웠던 순간들이 눈물이 되어 바닥을 흥건히 적셔도 보았다. 그런 경험들이 결국에는 순풍이 되어 배가 올바르게 나아가게 해주었다는 것을 알게 되었다. 그렇기에 지금도 기꺼이 나아가는 중이다.

시련이라는 것이 운이라는 것과 닮아 있다.

둘 다 예기치 않은 순간에 찾아오기 때문이다.

하나는 사람을 무너뜨리고, 또 하나는 사람을 일으켜 세운다.

19.
수염을 기른
장발 아저씨

최근 들어 외부 활동이 줄어들면서 자연스레 집 안에서 보내는 시간이 많아졌다. 의도한 것은 아니었지만, 머리는 어느새 덥수룩하게 자라났고, 수염도 거칠게 얼굴을 덮어갔다. 애초에 단정한 외모를 유지해야할 이유는 누군가에게 잘 보이기 위해서지만, 나는 그럴 필요가 없었기에 이참에 남자들의 로망이라는 장발과 수염을 길러보자고 결심했다. 머리와 수염을 기르는 것은 생각만큼 쉬운 일이 아니었다. 그냥 내버려두면 되는 줄 알았는데, 얼굴에 자라는 털이다 보니 자연스레 거울에 눈이 가게 되었다. 거울 속 내 모습은 어정쩡한 머리 기장이 만든 '거지존'에 도달했고, 정리되지 않은 수염은 산적처럼 흐트러져 있었다. 어쩌면지저분해 보일 수도 있지만, 나는 오히려 이런 모습이 좋았다. 삼십 년넘게 살아오면서 한 번도 경험하지 못한 색다른 나의 모습을 발견했기때문이다.

어느 날은 이런 모습들이 불편해지기 시작했다. 앞머리가 턱까지 내려오면서 밥을 먹을 때마다 사투를 벌였으며, 양념이 가득한 음식을 먹은 후에는 수염에 묻은 양념장들이 그렇게도 꼴 보기가 싫었다. 한 번 싫어지기 시작하니깐 머리와 수염을 자를까 말까를 수백 번 고민했던 것 같다. 자르기에는 지금까지 기른 것이 아깝기도 했고 계속하자니 현재의 모습을 더 이상 견디기가 쉽지가 않았다. 고민 끝에 영상 자료들을 보면서 머리를 스타일링하는 방법을 습득하거나 얼굴형에 맞는 수염의 모습을 찾는 것으로 타협을 보았다. 이 시기에 머리든 수염이든 사람마다 전혀 다른 모습을 하고 있다는 것을 알게 되었다. 어떤 이는 직모거나, 어떤 이는 곱슬이며, 그것도 아니라면 반곱슬이라는 것. 또한, 모발이 굵거나 가늘거나, 가르마의 형태에 따라 자라나는 머리카락의 방향이 다르다는 것. 수염 또한 볼까지 무성하게 자라나는 사람이 있는 반면에 얌생이처럼 자라는 수염이 있다는 것. 이처럼 얼굴에 자라나는 털들은 제각기 개성을 가지고 있었다. 이렇게 얼굴에 나타나는 털들도 각자 개성을 가지고 있는데 지성을 가진 우리 또한 하나의 틀로 정의 내리는 것은 모독에 가깝다고 생각했다.

그렇게 새로운 모습에 익숙해질 무렵, 오랜만에 가족들과 식사 자리가 잡혔다. 오랜만에 얼굴을 뵈러 가는 자리에서 조금은 깔끔한 모습으로 가야겠지만 있는 모습 그대로 가족들을 만났다. 엄마는 나의 모습을 보자마자 기가 찬다는 듯이 한마디를 했다. "이거야 원 백수가 따로 없네. 지금 일 안 하고 놀고 있다고 사람들에게 자랑하고 있는 거냐. 남들

보기 부끄럽다." 이런 반응에 갑자기 기분이 상했다. 물론 나의 모습에 대해서 남들이 바라보았을 때 충분히 느낄 만한 부분을 이야기했음에도 왠지 모르게 나의 존재 자체를 부정하는 것만 같은 기분이 들었달까. 나의 모습이 조금 바뀌었다고 나란 사람이 달라지지 않는 것인데 가장 가까운 가족들로부터 그런 말을 들었으니 기분이 달갑지 않은 것은 당연하였다.

가족과의 식사 자리 이후 얼마 지나지 않아, 유치원 때부터 지금까지 삼십 년을 함께한 친구의 결혼식이 있었다. 어릴 적부터 함께했기 때문에 친구의 가족들과도 두터운 친분을 가지고 있었다. 성인이 되고 나서는 왕래는 없었기에 십여 년 만에 얼굴을 뵙는 것이기에 단정하게 가는 것이 마땅하겠지만 기어코 수염은 자르지 않은 채 결혼식으로 향했다. 결혼식장에서 친구의 부모님을 얼굴을 뵈었을 때 예상했던 반응과는 사뭇 달랐다. "완전 남자 느낌이 물씬 느껴져서 좋다. 나는 이런 스타일을 좋아해. 수염이 너무 잘 어울려. 오랜만에 우리 한번 안아보자." 이런 말들은 피로연에서 마주쳤을 때도 이어졌고 나를 충분히 기분 좋게 만들어주었다.

얼굴이란 사람에게 있어서 첫인상을 결정하는 중요한 요소이기도 하며 한편으로 자신의 마음이나 지금까지 살아온 누적된 삶의 습관들을 고스란히 대변한다. 나의 수염과 장발은 주변 사람들로부터 제각기 다른 반응을 체험했다. 그 반응들을 몇 날을 곱씹어 보았다. 누군가가 바라보았을 때는 수염과 장발이 지저분하다고 느낄 수도 있고 반대로 묘한 기운이 제법 잘 어울린다고 생각할 수 있다. 또한, 일을 그만두고 집에서 쉬고 있는 나에 대해서 아는 사람들이라면 백수로 볼 수 있고 모르는 사람이라면 마치 예술가처럼 볼 수도 있다. 이 모든 것들은 수염과 장발에 대해서 바라본 사람이 가진 관점 또는 선입견으로부터 반응이 달라지는 듯하다. 이처럼 우리는 살아가면서 자신이 가진 관점과 선입견을 통해 세상을 바라본다. 딱 자신이 경험한 만큼만 알고 그 이면을 들여다보는 일은 매우 쉽지 않다는 것이다. 그럼에도 한 가지 사실은 잊지 말았으면 한다. 꽃잎이 흐드러지게 핀 꽃이든 상처 나거나 모질게 꺾여버린 꽃이든 다 같은 꽃이라는 사실을. 외적인 모습이 변하든 상황과 환경이 달라지든 간에 우리 자신의 본질은 변하지 않는다는 것을.

20.
오늘 하루도
청춘이라는 이름 앞에서

멀쩡히 살아가다가 이유 없이 눈물이 날 것 같았다.

몇 분 전까지만 해도 분명 액션 영화를 보고 있었는데 잠깐 화장실을 다녀온 사이 이유 없이 눈물이 맺혔다.

이 기분에 대해서 무엇이라도 붙잡고 풀지 않으면 안 될 것 같은 마음에 두서없이 글을 적기 시작했다.

언제부터였을까. 이렇게 울적한 기분이 마음속에 자리 잡은 것이.

아, 그리고 보니 요즘은 취업을 준비하느라 이도 저도 아닌 시간을 보내고 있다.

이번이 아니면 안 된다는 마음으로 준비는 하고 있지만, 막상 톡 까놓고 보면 무엇하나 제대로 하고 있지 않다.

어느새 시험의 날짜는 다가오는데 형편없는 모습과 시간을 죽이는 일이 스스로를 옭아매었다.

아, 그리고 보니 이러한 불안감이 만들어낸 자기 상실에 빠져버린 것이다.

그렇다고 행동이 변하거나 공부에 집중한다거나 그런 것은 전혀 없다.

이런 무의미한 행동이 자신을 갉아먹는 것을 너무나도 잘 알고 있지만, 변화 앞에서는 언제나 무기력해진다.

그런 까닭에 자기 상실이 자기 연민으로 변해버렸다.

아, 그러고 보니 이러한 감정은 누구나 다 겪는 일임을 알고 있고, 언제였던가 어떤 시기 앞에서 늘 겪었었다.

생각해 보니 이러한 감정은 늘 겪어봤지만, 매번 넘어갈 때마다 늘 새로웠단 듯이 힘들다.

아, 그러고 보니 오늘 하루도 청춘이라는 이름 앞에서 무심히 지나간다.

21.
이것은 삶에 대한
애착이었다

마음이 아프면 어떤 약을 먹어야 할까.

톡 쏘는 듯한 가벼운 말들이 마음에 닿을 때면 쉬이 무너져버리곤 한다.

애써 모르는 척, 무던한 척 지나쳐버려도 이따금 아픔의 증상이 뚜렷해질 때면 서른이 넘어서도 이런 마음을 어루만지는 일은 늘 서툴다.

가끔은 파도가 부서지는 대로 생각이 떠오르다 그렇게 흩어져버렸으면 좋겠다고 생각했다.

텅 빈 마음에 채우지도 못할 눈물을 한 움큼 쏟아내면 조금은 괜찮아졌으면 했다.

이런 감정들이 풀리지 않는 일이라면 그것이 사람과의 유대에서 비롯된 것이라면 이제는 그만하고 싶다고 생각했다.

강가에 우두커니 서서 유유히 헤엄치는 저 물고기를 보고 있자니 퍽이나 행복해 보였다.

떠밀리듯 떠내려온 죽은 물고기를 보자니 그것마저도 애처롭게 불행해 보였다.

한 낚시꾼에게 사로잡힌 물고기를 보니 처절한 몸부림에서 되레 살아 있음을 느꼈다.

그렇게 삶에 대해 처절한 몸부림이 시작되었다. 이것은 삶에 대한 애착이었다.

너와 나의 거리, 삶과 삶의 간격

"사람과 사람이 만나는 일에는 항상 마음이 뒷받침되어
야 한다. 유대라는 것은 마음과 마음이 서로 줄다리기하
듯이 서로를 끌어당기는 것이다. 잡으려 하면 멀어지고,
가만히 두면 스며드는 것. 사랑은 그런 것이었다."

2
부

22.
취기가 오른 밤,
부유하는 생각들

중고 거래로 소파를 장만하기로 했다. 소파를 사기까지 이것을 사야할까, 아니면 굳이 불필요한데 사지 말아야 할까, 몇 날 며칠을 고민했다. 고민했던 이유는 비좁은 원룸에 소파를 들여놓는다는 것은 더 이상집이 아니라 온갖 쓸모 있는 것들이 모여 오히려 쓸모없는 형태로 거듭날 것 같아서였다. 그러나 큰마음을 먹고 소파를 구매하기로 결심했다. 이렇게 소파를 구비하게 된 이유는 누군가 집에 찾아왔을 때 차가운 방바닥에 대접하고 싶지 않은 마음이 커서였다. 또한, 이렇게 손님을 맞이할 수 있는 공간이 생긴다면 누군가 찾아오지 않을까 하는 마음이 앞섰던 것이었다.

소파를 옮기기 위해 친한 친구를 불렀다. 소파는 무겁지는 않았지만혼자서 들기에는 애매했기에 누군가의 도움이 필요했다. 이렇듯 살면서혼자서 할 수 있는 일보다 같이해야 하는 일들이 많았다. 친구의 도움으로 수월하게 소파를 옮겼고 친구가 손을 내밀어주는 김에 방 구조도 재배치했다. 새롭게 방이 꾸려졌을 때 이미 자정에 가까운 시간이었다. 이만 친구를 보내주고 오랜만에 맥주를 마시고 싶다는 생각에 편의점에 들러 맥주 4캔을 사서 집으로 돌아왔다. 새로 산 소파에 앉아서 맥주 캔을 땄다. 취익 오랜만에 듣는 기분 좋은 소리가 설레게 만들었다. 한 모금 두 모금 맥주 캔이 비어져 갈 때마다 취기가 오르기 시작했다. 그러다 문득 채울 수 없는 허기짐이 찾아왔다. 방 안에 가득했던 온기가 한순간에 빠져나가면서 그 자리를 대신하듯 찾아오는 공허함에 대해서 나는 그 무엇으로도 채울 수가 없었다. 떠나가 버린 친구의 뒷모습처럼 화기애애했던 분위기는 적적함으로 아롱지었다. 나는 왜 늘 적막함을 견디지 못하여 삐끗하듯 넘어지며 그림자를 밟아 어둠 속으로 이끌려가는지 알 수가 없었다. 이것은 원래 사람이 태어날 때부터 가지고 온 천성이었을까. 갑자기 스쳐 지나갔던 사람들 속에서 사람들의 시선이 그리웠다.

별거 아닌 긴 고요 속에 울컥하듯 감정이 기울었다. 방 안에 혼자 앉아 나에 대해서 읊어본다. 밤을 넘어서 새벽이 다가올수록 바래진 기억의 먼지를 툭툭 털어내듯 지난 이야기에 대해서 꺼내어본다. 나의 이야기는 참으로 단조롭다. 사랑에 관한 이야기는 늘 한정적인 사람으로 특정되었기에 더 이상 꺼내볼 사랑 이야기도 없었으며, 이별 또한 매한가지였다. 그 외적인 것은 늘 삶에 대해서 치열하게 살아왔던 이야기가 끝이었다. 이것은 저마다 살아가면서 느끼는 너무나도 사소한 이야기에 불과했다. 그렇기에 그런 내용을 가지고 글로 쓴다는 것은 한계가 있었다. 지금까지 살아온 나이가 적지 않은데 무엇하나 쓸 이야기가 없다는 것이 비루한 삶이 아닌가 하는 생각이 들었다. 내가 조금 더 찬란한 삶을 살았다면 달라졌을까. 그랬다 하더라도 별반 차이가 없으려나. 인생이라는 것이 마치 누군가가 만들어놓은 허상 같았다. 삶의 의미는 도대체 무엇인지, 우리는 무엇을 위해 아등바등 살아가고 있는지. 도저히 해답을 알 수 없었기에 이것이 바로 우리가 살아가는 이유이었을까. 아니면 우리가 태어남으로써 받아들여야 하는 이전의 생에 대한 업보일까. 그렇다면 어딘가에 저물어버린 이전 생의 기억을 마치 유토피아를 찾듯 찾아야만 비로소 끝을 볼 수 있는 것일까.

이 맥주가 뭐라고 거울에 비친 내 모습을 참을 수가 없었다. 이것은 처량함의 끝을 보여주는 듯하다. 도태되어 살아가는 삶이 이런 기분일까. 이것은 그리움일까. 사랑을 원하면서도 사랑을 원하지 않는 이런 아이러니한 모습도 거울 속에서 보였다. 시간에 기대어 나를 달래며 숨죽여 우는 모습이 이런 모습일까. 문득 거울 속에서 허전함이 너란 존재를 선명하게 떠오르게 했다. 나는 아직도 이렇게도 힘든데 너는 어떻게 지내니. 가끔은 이렇게 나처럼 지지리 궁상을 떠는 모습을 하고 있을지. 가끔은 밉지만 사랑한다는 말, 그 말, 여전히 마음속에 남아 있는데 말이야. 그때는 왜 몰랐을까. 아무리 보고 싶다고 외쳐도 이제는 볼 수 없다는 것을, 이 세상 누구나 다 아는 이별에 대한 결말인데 말이야. 어느 날 문득 눈을 떴을 때 네가 있다면 그것만으로도 행복할 수 있을까. 이미 늦어버린 것을 알지만 이제는 돌아갈 수 없다는 것을 너무나도 잘 알지만 그럼에도 그때의 우리를 좀 더 담아보려고 이렇게 너를 떠올리고 있는 것일까. 아무렴 어때 아직 남겨진 사랑이 많지만 이렇게 끝이 난 것을. 우리는 사랑이라는 것이 보이지도 않는데 왜 사랑에 대해서 갈구하는 것인지. 사랑이라는 불안정한 감정에 대해서 왜 그렇게도 하나같이 원하는지 알 수가 없다.

　술기운이 달아올랐다. 머리가 어지럽기 시작하고 눈앞의 초점이 흐려진다. 지금 이 글을 적으면서도 힘에 부친다. 손가락 마디마디가 아파져 온다. 온 힘을 다해 지금 생각들이 떠나가지 않게 붙잡고 있다. 이것은 아마도 지난 전생에 대한 기억이 잠시 옮겨와서 적어놓은 글인지도 모른다. 그렇기에 내일 아침에 눈을 뜨면 사라질 기억에 대해서 적는 것일지도 모른다. 나는 지금 술김에 적는 이 글들이 지난 생에 이루지 못한 것들, 스쳐갔던 사람들, 부귀와 영화 모든 것들을 붙잡고 싶은 마음에 이렇게 적어 내려가는지도 모르겠다. 이것은 한낱 인간이 신에 대한 영역, 아무도 가보지 못한, 증명되지 않는 과학에 대해서 반하는 글인지도 모른다. 그렇게 또 하나의 밤이 지나간다.

23.
우리가 짊어진
삶의 고백

언젠가 한번 길을 지나다 사람들의 발에 치여 이리저리 피하는 비둘기를 보며 이런 생각을 한 적이 있습니다. '저 비둘기는 날개를 가지고 있음에도 왜 자유롭게 날아갈 생각을 하지 않을까?' 하고요. 그런데 그 질문을 스스로에게 되물어봤습니다. 저 또한 별반 다르지 않다는 것을 깨달았던 것 같습니다. 그러나 안타깝게도 알고 있는 것과 행동한다는 것은 별개였습니다. 마음을 먹는 대로 행동할 수 있다면 그것은 사람이기보다는 로봇에 가깝지 않을까 합니다. 무엇 때문에 정해진 틀에서 벗어나지 못했는지, 무엇이 그렇게도 저를 옭아매었는지 딱 잘라 하나로 정의하기는 힘들었습니다. 좋아하는 일을 하게 되면 행복해질까, 행복해진다면 자유로워질 수 있을까, 이런 상념들이 오히려 자유롭지 못하게 만들었는지도 모르겠습니다.

몇 해 전에는 'YOLO'라는 단어가 유행했던 적이 있었습니다. You only live once. 참으로 멋들어지게 좋은 말인 것 같습니다. 제가 이 단어를 처음 알게 된 것은 지금으로부터 10년도 더 전인 대학 시절 때였습니다. 그때 저는 대학교 도서관에서 사서 일을 하고 있었지요. 그래서 자연스럽게 책을 읽을 시간이 많았습니다. 그때 'YOLO'라는 단어를 처음 접하고서는 그렇게 살아야겠다고 마음을 먹은 적이 있었습니다. 당시 제가 해석한 'YOLO' 뜻은 몇 해 전에 유행했던 의미와는 사뭇 달랐습니다. 제가 해석한 뜻은 '인생은 한 번 사는 것이니 후회 없이 살아야 한다. 인생이란 것이 유한한 것이니 하루하루 절실하게 살아야 한다. 오늘 보내버린 시간은 돌아오지 않으니 최선을 다해 살아야 한다.' 뭐, 대략 이런 뜻이었습니다. 중요한 것은 시간에 대한 중요성을 이야기하는 듯했습니다. 단순하게 현재의 행복만을 좇는 것이 아니라, 삶을 후회 없이 채우는 것이 중요하다고 생각했습니다.

그러고 보면 'YOLO'와 비슷한 뜻을 가진 좋은 시도 생각났습니다. 인디언 부족장의 시였는데 한 구절만은 뚜렷이 생각납니다. "Live your life that the fear of death can't never enter your life." 해석하자면 "죽음이 두렵지 않은 삶을 살아라."라는 말이었습니다. 결국, 두 문장은 사람에게 있어서 삶이 유한하다는 것을 알려주는 좋은 말이었습니다. 우리는 죽음에 대해서 생각하지 않고 삶이란 것이 영원한 듯 살아갑니다. 그래서인지 하루를 허투루 쓰면서 후회를 남기는 듯합니다. 그렇기에 죽음 앞에서 자유롭기 위해서는 삶에 대한 관철이 필요하다고 생각했습니다. 그래서 인생의 가치관을 정립하기로 마음먹었습니다. 그리고는 그렇게 살기 위해 행동으로 옮기기로 했습니다. 뭐, 쉽지는 않겠지만 날개가 있음에도 날아가지 않는 것처럼 할 수 있는데도 하지 않는다는 것만큼 시간을 죽이는 일은 없으니깐요.

　우리는 하루라는 시간을 각자의 방식으로 채워서 완성해 나가야 합니다. 그것들을 하나씩 차곡차곡 모아 축적함으로써 삶을 증명해야 합니다. 이것은 어쩌면 태어나면서 숙명처럼 부여받았는지도 모르겠습니다. 어찌 보면 죽음은 우리가 어떻게 살아왔는지에 대한 삶의 고백일지도 모르겠습니다. 그러니 부디 매일을 최선으로 채워나갔으면 합니다. 그러면 언젠가 자유로워지는 날도 오지 않을까 합니다.

24.
흐드러지게
피우기를

  어느 날 가을이 눈에 들어왔다. 샛노란 나뭇잎이 점 지어 나무에서 나무로 그리고 거리로 이어지며, 바닥에 떨어진 나뭇잎은 마치 황금으로 만든 카펫을 깔아놓은 듯한 장엄한 분위기를 만들어냈다. 이내 온 세상을 황금빛으로 물들이는 은행나무가 흐드러지게 피었다. 노란 그늘 아래에서 저마다 각기 다른 옷을 입은 사람들이 지나가면 노란색과 또 다른 색이 오묘하게 어울려 하나의 그림이 되어가는 그런 가을이 좋았다. 오드득거리는 은행나무의 열매나 푸석거리는 은행잎을 밟는 일은 가을의 정취를 한껏 느끼게 해주었다. 신발에 묻어버린 은행 열매는 닦아내지 않으면 몇 날 며칠을 따라다니는 가을의 향수가 되곤 했다. 이는 싸구려 향수에서는 느낄 수 없는 가을을 한 움큼 압축해 놓은 듯한 냄새였다. 이 냄새가 거리에서 사라질 즈음이면 한 해가 지나갔음을 알게 해주는 시간의 유의미함마저도 좋았다. 은행나무는 병해충으로부터 강하다는 이야기를 들은 이후부터 마음이 갔다. 최근에 무릎을 수술하고 온전히 걷지 못하는 삶과 평범하지 않은 하루들을 살아가다 보니 병충해에 강한 은행나무가 더욱 마음에 와닿았는지도 모르겠다. 강하다는 것은 잘 견뎌낸다는 말과 유사한 것 같다. 잘 견뎌낸다는 것은 이런저런 생채기가 이미 여럿 생겼다는 것이고 이런 생채기로부터 굴하지 않고 자신을 지킬 수 있는 힘이 있다는 것은 달리 말하면 강하다는 말인지도 모르겠다. 그래서 은행나무를 바라보면 웅장함과 장엄함을 느꼈는지도 모르겠다.

SNS에 최근 일상에 관한 이야기들을 기재하면 주변 사람들로부터 몸 상태가 어떻냐는 질문을 자주 받았다. 이렇게나 다들 나를 걱정해 주니 고마우면서도 괜스레 불편해졌다. 아프지 않았다면 '아픔'이라는 주제 대신에 다른 관심사로 이야기를 나눴을 텐데 하곤 말이다. 서로에게 공통된 관심사가 달라지는 것만 같아서 유감스럽다. 그랬기에 좋아지고 있다는 말로 화두를 전환하는 것은 언제나 나의 몫이었다. 가끔은 정말로 좋아지고 있는지, 좋아지는 척을 하는 것인지 아니면 척을 하고 있으면 좋아지는 것인지 알 수가 없어서 무너지기도 일쑤였다. 이 시기에 나는 무엇을 그리도 붙잡고 싶었는지, 그것이 날이 좋아서 떠다니는 수제비 모양을 한 구름이었는지 아니면 허기진 마음을 채우듯 먹어치운 음식이었는지, 술을 들이켠 밤에 추슬렀던 마음마저 곤란하게 만든 취기였는지, 바다의 깊이만큼이나 알 수 없는 삶의 깊이를 헤아리고 싶었던 마음이었는지, 몽롱해진 상태에서 불현듯 떠올랐던 떨어지는 은행잎이 마치 나비와 같아서 훨훨 날아가는 꿈이었는지 알 수 없었다.

아픔을 아는 사람이라면 아프지 않다는 일이 얼마나 축복인지 알 것이다. 이것이 마음에서 생긴 병이든 아니면 신체에서 발생한 병이든 한 번이라도 아파본 사람이라면 아픔이 우리에게 삶의 본질을 가르쳐준다는 것을 알게 된다. 아픔은 때론 우리에게 무기력함을 알게 해주며, 꿈을 좇다 희망을 꺾인 채 바닥으로 곤두박질치며 허망함과 좌절의 본질도 알게 해주었다. 그럼에도 우리가 또다시 살아가는 이유는 삶의 밑바닥에서 마주한 진실이 아마도 희망이었기 때문일지도 모르겠다. 그러니 부디 내 안에서 나를 강하게 만들 줄 아는 우리가 되었으면 한다. 결국에는 시간이 지나야만 비로소 명쾌한 답을 알 수 있듯이 매 순간 나답게 보내는 시간에 감동했으면 한다. 그렇게 날마다 성실히 그리고 절실히 살았으면 한다.

떨어지는 은행잎이 마치 나비와 같아서 훨훨 날아가는 꿈이었는지,
아니면 꿈을 좇다 희망을 꺾인 채 바닥으로 곤두박질치는지 알 수 없었다.
그럼에도 우리가 또다시 살아가는 이유는 '희망'이 있기 때문이다.

25.
그래,
이것은 사랑이었다

　밤이 깊어만 가는데 잠들지 못한 이유는 아쉬움으로 보내버린 하루
를 조금이라도 더 붙잡고 싶은 마음일 것이다. 하루 중에서 무엇을 붙잡
고 싶었기에 눈을 감아도 더욱이 선명해지는 것인지 마치 어두운 방 안
에 환한 조명이 켜진 듯하다. 이것은 뇌에 신호가 전달되어 활력을 불어
넣어 준다. 뇌의 연산 속도는 생각을 만들어낸다. 연산 속도가 너무나도
빨라서 또 다른 생각을 가지고 온다. 멈추려고 해도 가속이 붙어버린 뇌
는 그만둘 생각을 하지 않는다. 그만두겠다는 생각마저도 뇌의 연산에
힘을 불어넣는다. 생각의 연료는 이런저런 생각으로부터 빌려와 점점
불어난다. 거대해진 연료를 없애는 일은 쉽지 않다. 할 수 있다면 점등
스위치를 끄듯 딸깍 소리와 함께 뇌의 신호를 꺼버리는 것이다.

　이런 병이 도진 이유는 관찰에서부터 시작되었다. 매일 반복되는 일
상 속에서 예기치 않은 존재가 눈에 들어왔다. 그 존재는 하루가 멀다
하고 눈에 차오르기 시작했다. 그러다 가끔은 별것이 다 궁금해지기 시
작했다. 아침에는 왜 비가 내렸는지, 책상 위에 놓인 컵은 언제부터 저

자리에 있었는지, 빨간 우체통은 중요한 소식을 무사히 잘 전달해 주었는지, 어두컴컴한 골목길에 가로등이 발길 닿는 곳까지 비춰주는지, 닫혀 있던 마음의 틈 사이로 비집고 들어와 버린 것이다. 그렇게 관심이 생기기 시작한 것이다. 관찰을 넘어 관심이 되어갈 때에는 마음에 생긴 틈이 커지기 시작한다. 관찰 대상에 감정이란 것을 이입하게 되었다. 나란히 발을 맞춰 걸을 때에도, 손등에 스쳐가는 온기에도, 바람을 타고 느껴지는 살냄새에도, 마주 본 얼굴에서 다가오는 옅은 숨에도 모든 것에는 마음이 담겨 있었다.

사람과 사람이 만나는 일에는 항상 마음이 뒷받침되어야 한다. 유대라는 것은 마음과 마음이 서로 줄다리기하듯이 서로를 끌어당기는 것이다. 그러다 서로에게 이끌리게 될 때 유대 관계가 형성되는 것이다. 비로소 좋아한다는 감정이었음을 깨닫게 되는 순간이다. 좋아한다는 것을 알기까지는 그다지 오랜 시간이 걸리지 않을 수 있다. 처음 본 순간부터 심장의 혈관이 급속도로 확장되어 정상적인 뇌의 사고 활동이 마비되는 것, 머리보다 마음이 더 빨리 반응할 때 우리는 첫눈에 빠져버리곤 한다. 마음이 이끌리는 것은 이성의 영역을 벗어난 일이라 막으려 해도 막을 수가 없는 것이다. 굳이 애쓰지 않아도 자연스레 마음이 전달되는 것, 좋아한다는 것은 그런 것이다.

좋아한다는 것을 끊는다는 것은 여간 어려운 일이 아니다. 끊으려고 다짐을 하는 순간부터 그 대상이 떠오르기 때문이다. 떠올랐기에 그 대상에 대한 감정도 고스란히 수면 위로 떠오른다. 네 시선에 떨리는 것도, 당신의 눈 속에서 사랑을 보았을 때에도, 끝내 입술이 포개어졌을 때에도 모든 것들이 느리게 흘러가는 장면처럼 생생하게 감정이 살아있다. 그래, 이것은 사랑이었다.

26.
사랑에 관한 메모

지난 여행에서 만났던 친구로부터 연락이 왔다. 그렇게 우리는 어느 봄날, 벚꽃이 예기치 않게 피어나듯이 만나게 되었다. 술 한 잔 두 잔에 서로의 이야기를 나누며, 취기가 오른 만큼 우리의 마음도 서로에게 다가섰다. 우리는 취향도, 삶의 방식도, 가치관마저도 묘하게 서로가 닮았음을 알 수 있었다.

그러다 우리는 봄과 어울리는 '첫사랑'에 관한 주제로 분위기를 한껏 돋웠다. 첫사랑을 떠올리면 가슴이 몽글해진다거나 아련하게 남아 있어서 한 번씩 꺼내볼 좋은 추억이라거나. 우리는 첫사랑에 대해 '지난 이야기와 지나온 감정들이 기억 저편에서 아름다운 형태로 남아 있는 것'으로 정의 내렸다.

그러고 보니 나이가 어느 정도 먹은 탓일까. 몇 번 해보지도 않은 연애로부터 배웠던 탓일까. 사랑을 시작한다는 것에는 늘 보이지 않는 벽이 가로막는 듯하다. 정확히는 조심스러웠다랄까. 이성의 영역에서 자유롭게 벗어나 감성의 영역을 오롯이 받아들인다는 것은 늘 불안하고 두려운 일이다. 지금 느끼는 이 감정이 사랑이라는 감정의 한 부분이란 것을 지난 연애를 통해 알 수 있었다.

벚꽃에 시선이 머물듯, 자연스레 너에게 닿았다. 그리고선 시선의 끝에 닿은 너란 존재가 사랑임을 알 수 있었다. 아 그래, 여행지에서 처음 본 순간부터 사랑에 빠질 것이라는 것을 알고 있었다. 그때부터 나는 사랑에 빠졌다는 것을 알게 되었다.

27.
쉼, 그리고 강직함과
유연함 그 사이

소방공무원을 준비하면서 있었던 일이다. 체력 평가를 준비하기 위해서 체력 학원에 다닌 적이 있었다. 당시 '좌전굴'이라는 종목이 있었는데 이것은 유연성을 요구하는 종목이었다. 나의 좌전굴 첫 기록은 −8㎝로 수준이 처참했다. 그래서 유연성을 단기간에 늘리기 위해 이를 악물고 했던 기억이 있다. 처음에는 아무것도 모른 채 무작정 다리를 찢으면 유연성이란 것이 금방 늘어나는 줄 알았지만, 막상 해보니 어림도 없는 일이었다. 쉽게 늘지도 않았으며 오히려 과도한 다리 찢기로 인해서 다리 뒤쪽이 심각하게 아프기 시작했고 그 결과 오히려 기록이 줄어드는 일이 발생했다. 이로 인해서 다리를 찢을 때의 고통과 기록이 나오지 않을 때의 심적 부담감이 겹쳐서 더욱이 나를 힘들게 만들었다. 그럴수록 내가 할 수 있는 일은 더 이를 악물고 유연성을 늘리기 위해 끊임없이 정진하는 것뿐이라고 판단했다. 그러던 중 학원을 같이 다니던 친구가 내게 말했다. "쉬엄쉬엄해요. 그렇게 무리하게 하다가 오히려 더 안 좋아져요. 잘못하다가 허벅지 뒤 근육이 파열되면 아예 실기시험도 못 치를 수가 있어요". 그때 그 말은 공감은 했지만, 실기시험까지 시간이 많이 남아 있지 않았던 나는 마음에 여유가 없었고 그 말을 흘려 넘기면서 웃으면서 대답했다. "오히려 좋아. 허벅지 뒤 근육이 파열된다면 그만큼 노력했다는 증거니깐 후회는 없어." 그 친구는 이런 말을 했던 나를 보며 독종으로 생각했을지도 모르겠다. 그러다 더 이상 걷기도 힘든 지경에 이르렀을 때 불안함과 불편한 마음으로 3일 정도 쉰 적이 있다. 아무것도 하지 않고 무작정 쉬고 있으니 '다른 사람은 지금, 이 순간에도 열심히 하고 있을 텐데 나는 이렇게 쉬어도 될까?'라는 생각이 엄습했다. 불안했던 마음과는 다르게 3일이라는 충분한 휴식 덕분에 기록은 확연하게 좋아졌었다.

이렇게 쉼이라는 게 살아가면서 중요하다는 사실을 다시 한번 깨닫게 되는 계기였다. 과유불급이라는 단어가 있듯이 너무 지나치면 오히려 해로울 때가 있다. 우리는 때론 몸이 보내는 신호든 마음이 보내는 신호든 귀를 기울일 필요가 있다. 직장생활을 하면서 업무에 시달리거나 관계에 지칠 때가 많다. 그럴 때는 너무 애쓰지 않고 아주 잠시라도 마음 놓아보는 것도 좋은 방법일지도 모르겠다. 이렇듯 한 번쯤은 스스로에게 자가 치유의 시간을 부여하는 것도 좋을지도 모르겠다.

단기간에 −8㎝에서 +20㎝라는 대단한 기록을 얻었지만 그래도 원하는 목표 점수에 다다르기에는 여전히 부족했다. 같이 준비하는 학생 중에는 나보다도 덜 유연하지만, 기록이 훨씬 좋은 사람이 있었다. 그 사람을 보면서 '무엇이 문제일까?' 의문이 들었고 문제의 원인을 찾기 시작했다. 이유는 간단했다. 30년간 쌓아온 습관 때문이었다. 30년간 몸이 굳은 채로 살아왔고 그러한 습관들이 모여 지금의 형태를 만든 것이다. 허리는 구부정했으며, 어깨는 말려 있었고 이러한 습관들이 지금과의 결과를 만든 것이다. 그러고 보니 이러한 몸 상태가 된 이유는 과거의 직업이 원인이었는지도 모르겠다. 과거의 나는 특수부대 출신이었고 항상 무거운 군장을 짊어져야 했기에 신체는 스스로를 보호하기 위해서 현재와 같은 몸으로 변모했고 그렇기에 신체는 강직해졌지만 유연하지 못했는지도 모르겠다. 사람이란 게 이렇듯 어떤 환경에 놓여 있느냐에 따라 달라질 수 있음을 알게 되었다.

삶에 있어서 강직함은 중요한 뼈대가 되기도 하며, 뚜렷한 주관이 된다. 살다 보면 수많은 문제에 대해서 고심하고 결정을 내려야 하며 그 결정에 따라 책임을 져야 하기에 강직함은 매우 중요하다. 그러나 너무 강직하다 보면 끝을 보기도 전에 무너지는 경우가 발생할지도 모른다. 결국, 중요한 것은 균형이었다. 강직하되, 유연할 것. 단단하되, 부드러울 것. 어떤 상황에서도 수용할 수 있고 변화할 줄 아는 사람이 되는 것이 중요하다는 것을 배우게 되었다.

28

결과에
초연하다는 것은

습습한 바람, 7월부터 이른 장마가 시작되었다. 살다 보면 원하는 방향으로만 나아가지 않는다. 당신들도 그러한가. 그간 1년 동안 일과 시험을 병행하며 준비한 결과가 비가 내리기 시작한 7월에 발표가 되었다. 필기시험은 5개를 틀려 준수한 수준이었지만 나는 이미 알고 있었다. 실기에서 좋은 점수를 받지 못해 '안 될 것'이라는 것을 직감하고 있었다.

7월은 유난히 일찍이 비가 찾아와서일까 아니면 매미가 대신 울어주어서일까. 노력에 관한 결과에 대해서 마음은 초연했다. 다만 앞으로의 행보에 대해서 막연한 생각이 부유했다. 그리고 빗물에 흩어지는 의지를 당분간은 내버려두고 싶어졌다. 어둠이 방 안에 짙게 깔리기 시작할 때면 침대에 누워 미동조차 하지 않았다. 천장을 바라보니 높디높아서 손을 힘껏 뻗어봐도 닿지 않는다. 그 순간 '날아오르기보다는 추락하는 게 훨씬 마음이 편하다.'고 생각했다. 이러다 안 되겠다 싶어 지친 마음을 이끌고 무작정 내가 나고 자란 동네로 가는 버스에 올랐다. 익숙한 풍경과 냄새, 다정히 반겨주던 그곳은 어쩌면 오늘을 위해 꼭 기다려준 것만 같았다.

주변에서 노력의 결과에 대해서 물어보면 초연하게 웃으며 넘겼었는데 가장 익숙한 공간에서 모든 것은 무너졌다. 전혀 괜찮지가 않았다. 그간의 노력이 모두 의미가 없어진 것만 같아서 슬퍼졌고 이내 툭 하니 무언가 떨어졌다. 동네의 하늘은 서툰 감정을 어루만져주며 꼭 무슨 말을 해주는 것만 같았다. 그렇게 마음에서부터 내린 비는 그쳤다.

다음 날, 마주했던 모든 것을 방문 틈 사이에 끼워두고 선 내가 있어야 할 곳으로 다시 돌아간다. '그래 여름의 밤은 잔잔해진 마음의 청춘이었다.'

29

사랑에도 중심이
있다는 것을 알았더라면

감정이라는 바다에서 살아가는 법을 그 누구도 가르쳐주지 않았다.

파도는 늘 예기치 않게 밀려왔고, 나는 휩쓸리지 않으려 애썼다.

인생이 그러하듯, 무언가를 배울 때 많이 넘어지고 다쳐야만 성숙해 진다는 것을 알면서도 사랑 앞에서는 늘 다치지 않으려고 했었다.

그 누구도 사랑에 대해 알려주지 않았기에, 어른이 되어서도 사랑은 여전히 서툴렀다.

잡으려 하면 멀어지고, 가만히 두면 스며드는 것. 사랑은 그런 것이었다.

만약 사랑에 중심이 중요하다는 걸 알았더라면, 흔들리는 마음을 조금은 단단히 붙잡을 수 있었을까.

사랑은 알면서도 사랑을 여전히 모르겠다. 그랬기에 사랑 앞에서는 늘 헤맨다.

30.
그렇게 살아가는 것

　나에게는 잠들기 전에 눈을 감고 이런저런 상상을 하는 습관이 하나 있다. 무한의 공간에서 펼치는 상상은 삶을 풍요롭게도 해주며 꿈을 실현하게 하는 하나의 장소였다. 예를 들면 개인적인 취향이 가장 잘 반영이 된 공간에서 커피 한잔을 마시며 글을 적는 모습을 상상하기도 한다. 그러다 작가로서 이름을 떨쳐 강연한다거나, 유명한 인플루언서가 되어서 사회에 영향력을 펼치는 그런 사람으로 두각을 나타내는 모습 등 이런저런 생각을 하는 것만으로 행복한 일이었다.

　이런 생각들은 아직 펼쳐지지 않은 미래에 대한 모습이라 허황하다고 말할 수 있겠지만 이렇게 상상하는 것만으로 스스로가 꿈꾸는 모습에 부합되기 위해서 노력하게 되는 하나의 계기가 되곤 했었다. 구체적으로 이루어낸 업적들을 나열하자면 직장에서 중대한 프로젝트를 성공적으로 마무리 지으며 스스로 그리던 직장에서의 '성공적인 삶'에 한 발짝 다가갔고 취미로 시작한 글쓰기가 결국 책으로 출판되는 현실로 이어졌다. 돌이켜보면, 내 삶은 수많은 상상들이 지금을 만들었다고 해도 과언이 아니다.

학창 시절에 꿈에 대해서 적는 시간이 있었다. 꿈을 적는 칸에 대부분 과학자, 대통령, 검사, 경찰 등 현실적인 것에 대해서 적었는데 나는 고고학자라든가 철학자 등 특이한 것을 적어내는 것을 보면 참 유별났던 사람이었다. 그러고 보니 대학교 진로를 정하는 당시에 나는 부모님에게 철학과를 가겠다고 말씀을 드렸던 적이 있었다. 그때 부모님께서는 "철학과를 나와서 무슨 직업을 얻겠냐고, 그걸로 밥을 벌어 먹고살 수 있겠냐?"는 지극히 현실적인 말씀과 거침없는 반대를 했던 기억이 있다. 그때 당시에 부모님의 말씀이 무슨 말인지는 알고는 있었지만 그럼에도 속상한 마음은 한구석에 있었다. 실제로 살아보니 현실에서의 직업이란 아주 중요한 요소이며 자본주의사회에서는 돈이라는 존재는 무결점에 가까운 존재라는 것을 깨달으면서 당시 부모님의 조언은 현명했다고도 볼 수 있다. 그럼에도 여전히 철학에 관련된 글이나 삶을 바라보는 통찰력을 갖춘 글들을 읽는 것을 좋아한다. 이것이 현실적으로 직업을 갖는 데는 힘이 없을지는 몰라도 삶을 살아가는 데 필요한 통찰력을 길러줌으로써 힘든 시기를 직면하였을 때 슬기롭게 헤쳐 나갈 수 있는 보이지 않는 힘을 만들어주었다.

만약에 어린 시절에 나를 다시 만나 이야기를 나눌 수 있는 시간이 왔을 때, 어린 내가 지금의 나에게 "아직까지 철학을 좋아하세요?"라고 질문해 온다면 "그렇다."고 스스럼없이 말해 주고 싶다. 덧붙여서 "좋아하는 것이 있다면 굳이 그 길을 안 가도 좋으니 계속했으면 좋겠다."라고 말해 주고 싶다. 많은 이가 꿈에 대해서 이야기할 때면 보통은 꿈에 대해서 선뜻 말을 하지 못하는 것 같다. 혹은 현실적인 문제에 직면하다 보니 어른이 되어갈수록 꿈이라는 단어와 멀어지게 되는 것이 대부분인 것 같다. 그럼에도 주변에 희귀하게나마 꿈을 간직하고 그 꿈을 위해 달려가는 사람들을 종종 보고는 하는데 그 사람들 중 대부분은 꿈을 이루어낸 사람보다는 여전히 꿈이라는 거친 항해를 하는 사람들이 대부분이다. 그럼에도 포기하지 않고 꾸준히 꿈을 향해 나아가는 사람이 멋져 보인다고 생각한다. 한편으로 온 인생을 걸고 대범하게 꿈을 좇는 것도 멋이 있지만, 그것보다는 꿈을 완전히 놓지 않은 채 계속해서 달려나가는 것 또한 아름답지 않은가 생각한다. 인생이란 게 누구나 한 편의 영화 주인공이다. 그 영화는 고유해서 그것만의 맛이 있다고 본다. 다만 지극히 개인적이라 아직 유명해지지 않았을 뿐. 그런 소소한 것을 좋아하는 사람들이 있으니 그냥 그렇게 살아가는 것도 예술의 한편이라고 생각한다. 거대한 항해가 아니어도, 파도에 흔들리더라도, 조용히 노를 저으며 꿈을 향해 가는 것. 그것만으로도 충분히 아름다운 여정이 아닐까.

31.
안녕,
그리고 또 안녕

저물어가는 해를 붙잡을 수는 없지만, 그 순간만큼은 온전해지고 싶었다.

수많은 침묵과 슬픔에 가득 찬 물음표와 흔들리던 어제와 이리저리 나뒹굴던 나약한 마음과 부정할 수 없는 현실과 불안과 걱정으로 되새김했던 지난날들.

겨울의 밤은 어느 때보다 깊고, 허해서 그 시간 안에 사로잡힌 것인지도 모르겠다.

그러나 너무 오랫동안 방황하지는 말자. 너무 오랫동안 그런 감정에 사로잡히지는 말자.

달아나는 것이 아닌 달려 나아가자. 사라져가는 삶이 아닌 살아가는 삶이 되자.

저물어가는 해를 붙잡을 수는 없지만, 이 순간만큼은 온전해지자.

지나간 일들은 저물고 삶을 나아가기에 담담히 손을 흔들며 인사를 하자.

'안녕. 그리고 또 안녕.'

32.
첫사랑은 그래서
봄일지도

 픽이나 외로운 12월의 계절에 태어나 찬바람이 불어오면 두터운 외투 사이로 비집고 들어오는 바람에 운다. 그러다 무심코 툭 다가오는 적적한 기분에 퍼붓듯 술을 마시는 그런 그리움은 아니더라도 돌이킬 수 없는 것들에 대해 애틋한 온기를 마신다. 몇 해 전만 해도 일상을 나눌 이가 존재했던 것 같은데 이제는 기억의 한편 속에 자리 잡았다. 가끔은 그런 기억의 파편들이 마음을 찌르다가도 조용히 사라진다. 하지만 애석하게도 그 감정의 여운은 지독하게도 가시지 않는다. 나이를 먹다 보니 사람을 보는 눈이 생겨서 연애는 언제나 버겁게 느껴진다. 누구를 만나도 그 사람이 생각나는 것은 어쩔 수 없는 일이라 지금, 이 순간에도 추억에 잠기는 것일지도 모르겠다.

 사랑의 감정을 알게 해준 첫사랑. 눈부셨다가 한철의 벚꽃처럼 흩날리는 것처럼 어쩌면 그 계절은 사랑이 이뤄지지 않아서 아름다운 것일지도 모르겠다. 그래서 여전히 따스했던 그 사람의 품처럼 봄을 기다리는지도 모르겠다.

33

남의 취향을
빌려 써도 되는 걸까

요즘 들어 해가 떨어지고 나서는 선선한 날씨가 여름이 끝나가고 있다는 것을 알려주었다. 바람이 선선하게 불어오니 산책하기에 딱 좋은 날씨였다. J라는 친구와 함께 산책하다가 일본 분위기의 이자카야로 향했다. 조형 벚꽃이 바람을 타고 흔들리는 모습이 술집의 분위기를 한껏 더 우아하게 만들어주었다. J라는 친구는 최근에 이직을 위해 공무원 시험에 도전했지만, 결과가 좋지 않아서 다시 한번 이직 준비를 하는 게 맞는가에 대해서 고민이 있다고 했다. '준비해서 무조건 된다.'라는 보장이 있으면 한 번 더 도전을 해보겠는데 무조건 합격한다는 보장이 없다 보니 재도전한다는 것에 대해서 망설여진다고 말했다.

나는 그 말에 대수롭지 않은 듯 마음 가는 대로 하라고 했다. 덧붙여서 "이번에 아쉽게 떨어졌으니깐 이번 시험을 준비하면서 부족한 점을 분석하고 그것을 보완하면 내년에는 합격하지 않겠어?"라고 말해주었다. 그랬더니 J라는 친구가 대뜸 나에게 "T발 C야?"라고 말했다. 그 말을 듣고서는 내심 당황했다. 내가 T라니. 내가 어딜 봐서 T인지 의아스러웠다. 이렇게 에세이와 연애소설을 적는 사람인데 감성적이지 않은 사람이라고 말하니 당황스럽기 그지없었다. 'T발 C야?'는 요즘 유행하는 말처럼 공감을 못해주는 사람에게 붙여지는 수식어인데 친구가 저 말을 내뱉은 것은 현재 상황에 대해서 해결 방안을 제시해 달라는 것이 아닌 심적 위로를 받고 싶어서였고 그 위로 끝에는 다시 한번 더 준비할 수 있는 용기를 얻고 싶었는지도 모르겠다. 그러나 나는 J가 원하는 대답을 해주지 않았기에 공감 능력이 결여된 사람으로 치부됐는지도 모른다. 이것은 나의 편협한 선입견일지는 모르겠지만 내가 아는 J는 쉽게 감정에 영향을 받는 사람이기에 공감을 해주기보다는 현실적인 대안을 제시하는 것이 더 낫다고 판단했기에 저런 말을 했던 것이다. 나름의 배려라고 생각했는데 결과적으로는 오해를 산 것 같다.

집으로 돌아오면서 '문득 나란 사람은 어떤 사람일까?'라는 의구심이 들었다. 그리고 보면 친한 친구들은 나를 보고 만사가 무관심한 편이라고 했던 것이 기억났다. 이것은 환경적인 요인인지, 태생이 그러한 것인지는 알 수는 없지만 대체로 다른 사람의 일에는 크게 관심을 두지 않는다. 이러한 성격 때문인지 요즘 유행하는 TV 프로그램이나 연예계의 소식에 대해서도 어두운 편이다. 사람이 살아가면서 하루에 처리해야 하는 정보가 너무나도 많은데 사소한 것 하나하나 신경 쓰다 보면 뇌가 버티지 못해서였을까, 나의 뇌는 무의식적으로 방어기제가 발동하여 자연스럽게 필터 기능이 작동함으로써 관심이 없는 분야이거나 대화의 내용이 불필요하다고 여겨지면 그때는 한 귀로 듣고 한 귀로 흘려보내는 편이다. 그럼에도 주관적인 시선에 따라 일상 속에서 스스로가 생각했을 때 특별하다고 여기는 순간에 대해서는 남들보다 더 선명하게 기억하는 편이다. 예를 들면 여행을 갔다가 기대도 하지 않은 장소에서 먹었던 음식, 평소처럼 출퇴근하는 거리에 예기치 않은 날씨가 가져다준 황홀한 풍경은 시간이 지나서도 변함없이 기억 속에서 저마다 한 자리씩 차지하고 있다. 이런 성향 덕분에 유행에 민감하지 않았고 또한 오랫동안 좋아해 왔던 것을 유지했기에 주변으로부터 '참 너답다.'라는 말을 종종 듣는지도 모르겠다. 예를 들면 옷을 사러 쇼핑하러 갔다가 누군가가 어떤 옷을 보고 '이건 딱 너 스타일이다.'라고 말했을 때, 친구와 같이 길을 걷다가 갑자기 내가 멈추던 순간에 들려오는 "딱 너 감성이다." 등 이러한 것들이 나란 사람이 가진 취향에 대해서 잘 나타내주는 듯하다.

그러고 보면 보통의 사람들은 자신의 취향에 대해서 잘 알고 있는지가 의문스러웠다. 요즘은 남의 취향에 맞춰 살아간다고 어렴풋이 느꼈기 때문이다. SNS가 발달한 만큼 서로의 일상이 과도하게 노출이 되어서 우리는 알게 모르게 남의 영향을 받으며 살아가고 있는지도 모르겠다. 그러다 보면 요즘 트렌드에 민감하게 반응하는 사람들은 유행처럼 만들어낸 하나의 짧은 영상들을 보면서 따라 하기 시작했고, 이것은 우리들의 일상 속에 파고들어 어느새 우리는 획일화되고 있는지도 모르겠다. 이렇게 우리는 자신의 취향보다는 남의 취향에 사로잡히는 것 같다. 자신의 취향이 아직 없었기에 남의 취향을 빌리는 것일까? 마치 MBTI처럼 사람을 어떻게 하나의 성향으로 정의한다는 것 자체가 어불성설이라고 생각한다. 사람마다 각자 타고난 기질과 살아온 환경, 그리고 경험이 다른데 말이다. 본인의 취향에 대해서 모르기에 때문에 어쩌면 스스로가 어떤 사람인지 정의를 내려주는 MBTI를 좋아하는지도 모르겠다. 그러니 우리는 자신만의 취향을 찾아 나설 의무가 있다고 생각한다. 남이 정해준 기준이 아니라, 나만의 색을 찾아가는 것. 그것이 진짜 '나답게' 사는 것이 아닐까?

34

요즘도 퍽 하니
그러하다

창밖에 눈이 내리는 것을 보니 이제 겨울이 깊어졌음을 체감한다.

차가운 공기가 창문 틈새로 스며들 때면, 노트북 속 오래된 폴더를 열어 옛 기억들을 더듬어본다.

이 오랜 습관을 이제는 그만두어야 하는데 이게 습관인지라 쉽지가 않다. 언제쯤 고쳐질지 요즘도 퍽 하니 그러하다.

그리워할 만한 존재가 있다는 것에 대해 감사해야 하는지, 평생 잊지 못할 추억을 남겨줘서 미워해야 할지.

여전히 정리하지 못한 숙제들이 가득 담겨 있는 폴더를 이내 접어두고선 집 밖으로 향한다.

사람의 체온 36.5도, 단 1도에 고열이 동반되기도, 저체온증이 오기도 한다던데, 채워지지 않는 지금의 빈자리는 몇 도쯤 되려나 싶다.

이렇게 겨울이라는 계절이 찾아오면 끝을 맺지 못한 겨울이라 요즘도 퍽 하니 봄을 앓는다.

35.
행복의 함정

친구의 외마디 비명이 전화 너머로 들려왔다. K라는 친구는 요즘 들어서 무엇을 위해서 사는지 잘 모르겠다고 한다. 가슴이 답답한 게 풀리지 않는 문제로 살아가고 있다고 한다. 원인이라도 알면 속 시원하게 해답을 찾기 위해 행동이라도 하겠건만 이것은 도저히 알 수 없는 문제로 미치겠다고 한다. 그러고서는 나에게 되물었다. "너는 요즘 행복하나?" 저 물음을 어떤 의도로 물었는지 알 것만 같았지만 속 시원하게는 대답해 주지는 못했다. 사람마다 행복의 기준이 다르니깐. 다만 행복은 멀리 있지 않다고 정형적인 대답을 했을 뿐이었다.

그러고 보니 나도 한때 행복을 찾아 헤매었을 때가 있었다. 처음의 시작은 돈이 목적이 되어 삶의 방향은 돈을 벌기 위해 또는 돈을 아끼기 위해 초점을 맞췄을 때였다. 그때는 쓰지도 않고 아끼고 아껴서 시드머니를 모으기 위해 발악했었고 그렇게 모았던 돈을 투자하면서 불려나갔었다. 그때는 그것이 나의 유일한 행복이었는데 어느 순간 그것이 무색해질 만큼 초라해지고 말았다. 소셜미디어에 올라오는 친구들의 여행

사진, 연인들과 함께하는 모습, 행복해 보이는 표정들. 그 앞에서 '문득 내가 왜 이러고 살고 있을까?'라는 생각을 했었다. 그럼에도 버티고 버텼는데 댐에 가두어두었던 물이 예기치 않는 폭우로 범람하듯이 결국은 무너지고야 말았다. 그렇게 나 또한 무엇을 위해 살아가는 것인가라는 고민을 한 적이 있었다. 그리고 '어떻게 해야 행복할까?' 하며 1년을 넘게 보이지 않는 답을 찾아 헤매며 방황했었다.

그러다 우연히 J라는 친구의 사는 이야기를 들은 적이 있다. 그 친구는 삶에 대한 태도가 남달랐던 것 같다. 남과 비교하지도 않으며 온전히 자신의 삶을 살아가는 친구였다. 지금 다니는 직장에 대해서도 만족도도 높았으며 그렇다고 많지 않은 월급에 대해서 불평하기보다는 월급으로 자기 계발이나 자신이 좋아하는 취미 활동을 할 수 있는 것에 대해서 만족하며 사는 친구였다. 그런 친구에게 되물었던 적이 있다. "그렇게 살면 나중에 노후 준비가 안 되지 않아?" 그 친구의 대답은 "괜찮아. 나는 부자가 되기보다는 지금, 이 순간을 느끼면서 살고 싶어. 물론 부자가 되면 좋지만, 그것보다는 지금, 이 순간이 내게 더 소중하니깐 그래. 그리고 나는 그냥 평범하게 살고 싶어. 안정적인 직장을 다녀서 그런가? 월급은 적더라도 그 월급으로 좋아하는 것들도 할 수 있고 조금씩 돈을 모아서 집도 사고, 나중에 연금이랑 적금으로 노후를 맞이하면 되지 않을까 싶어. 그렇게 거창하지는 않아도 소탈하게 사는 게 나에게 있어서는 행복이야. 그러니깐 너도 너무 아등바등 살지 않기를 바란다. 뭐 사람마다 사는 게 다 다르니깐 네가 알아서 잘하겠지.” 그 친구를 보면서 나는 ‘이상과 현실의 격차가 크기에 거기에서 오는 괴리감으로 행복하지 않은 것인가 아니면 남과 비교하면서 살아가고 있기에 온전히 자신의 삶을 살아가지 못하는 것인가.’라는 생각을 했다.

　살다 보면 남과 나를 비교하면서 자존감이 낮아지는 순간들이 있다. 그 누구라도 예외 없이 그러한 경험들을 한 번쯤은 해봤을 것이다. 요즘 들어 소셜미디어가 발달하다 보니 보여주기식의 삶이 사회의 문제점으로 화두가 되기도 했었다. 다른 사람들은 행복해 보이는 모습들이 소셜미디어에 사진이나 영상으로 업로드가 될 때면 문득 자신의 삶이 초라해 보일 때가 있으며 상대적 박탈감을 느끼기도 한다. 사실 알고 보면 사람들이 살아가는 모습은 다 거기서 거기일 텐데 말이다. 계속해서 남과 비교하며 자존감을 갉아먹기보다는 상대를 바라보는 눈을 초점을 달리하여 자신을 차분히 바라보는 시간이 필요한 것인지도 모르겠다. 그렇게 자신의 강점이 무엇인지. 나란 사람이 무엇을 좋아하는지. 자신을 알아가는 과정이 필요하다. 어차피 남의 떡이 아무리 커봤자 내가 가질 수 없는 노릇이니 안 되는 일에 목매고 연연하기보다는 그 시간을 자신에게 온전히 쏟아봄으로써 자신을 가꿔가는 게 더 중요하며 행복에 대한 기준을 남이 아니라 자신에게 초점을 맞춰야 한다는 것을 깨달았다.

행복하고 싶다는 생각에 행복하지 못했던 날들이 돌이켜보니 행복해야
한다는 생각을 버리는 것이 오히려 행복으로 가는 길인지도 모르겠다.

행복하고 싶다는 생각에
행복하지 못했던 날들이
돌이켜보니
행복해야 한다는 생각을 버리는 것이
오히려 행복으로 가는 길인지도 모르겠다.

36.
마음의 격

'자본주의사회를 살아가는 우리에게 돈만큼 지고지순한 존재가 있을까?'라는 생각이 들었다. 욕심이 돈에서부터 태어났는지 아니면 돈에서 파생된 것인지 우리는 항상 마음속에 내재한 무언가를 이루기 위해 살아가는 사람들 같았다. 욕심이 때론 일을 그르칠 때가 있었다. 주식을 한답시고 '천 단위'로 돈을 잃은 적도 있으며, 나아가 부동산으로는 '억 단위'로 손해를 보았다. 물론 처음에는 성공 가도를 달리듯 남부럽지 않은 적이 있었다. 하지만 욕심에 눈이 멀어 보이지 않는 그릇된 말에 귀를 기울였다. 그것은 편협한 사고에 갇혀 보이지 않는 감옥과도 같았다. 한 번은 운이 좋아 크게 돈을 벌었던 적이 있다. 그때의 나는 마치 나의 노력으로 이루어진 정당한 결과로 치부했기에 우쭐함과 자만심이 그득했었다. 그랬기에 마음의 틈이 벌어진 사이로 들어온 사악한 욕심과 손을 잡고 그 결과 지금은 도저히 감당이 안 되는 부채 앞에서 허덕이고 있다. 이것은 운이 좋아 얻게 된 기연이 남긴 허망한 말로가 아닐까 싶다. 이처럼 우리는 쉬이 얻은 것에 대해서는 항상 두려워하는 마음가짐을 지녀야 한다는 것을 배우게 되었다.

10년간 고생해서 악착같이 모았던 돈이 이렇게 한순간에 허탈하게 사라질 것이라고 생각하지 못했기 때문에 이러한 기억이 떠오를 때면 며칠 동안 나를 가만히 놓아주지 않았다. 마음을 비우려고 해도 오히려 이러한 생각들은 마음에 굳건하게 자리를 잡았다. 초연하다는 것은 인간으로서는 도저히 다다를 수 없는 무형의 영역이지 않을까 싶다. 만약 어떠한 악재에도 초연할 수 있는 마음을 가질 수 있었다면 나는 산속에 틀어박혀 세상 만물의 이치에 통달한 신선이 되었거나 아니면 그릇된 속세에서 벗어나 열반에 든 스님이지 않을까 싶다.

이 시기에는 평소 마시지 않던 술도 가까이했었다. 지난날의 온갖 후회와 과오가 마치 물결처럼 출렁이듯 마음을 헤집고 다녔다. 신기하게도 기다렸다는 듯이 슬픔이라는 감정은 대체로 나약해진 마음을 비집고 한꺼번에 몰려왔기에 술을 마시면서 정신을 차릴 필요가 있었다. 매번 살던 대로 살면 영원히 정신을 못 차릴 것만 같았기에 술이라는 약을 통해 미래의 나에게 희망을 처방하고 싶었다. 10년을 돌고 돌아 원점으로 되돌아왔다. 잃어버린 것을 잊어버리고서는 다시 쌓아가야 하는 순간이다. 다시 시작해야 할 때가 온 것이다. 이번에는 허황된 것을 좇기보단 정도의 길을 걷고 싶다. 돈을 넘어 세속적인 것들로부터 자유로워지고서는 가야 하는 길에서 바라봐야 하는 것을 바라보고 온전히 느끼며 삶을 쌓아가고 싶어졌다.

목적도 중요하지만, 과정이 중요하다는 것을 이제야 깨닫게 되는 순간이다. 어느 날 문득 살아감에 있어서 크게 신경을 쓰지 않아야겠다고 생각했다. 방향은 정하되 그것이 빠르든 아니면 느리든 운이라는 소용돌이 안에서 삶의 방향을 잃어버리지 않은 채 나아가면 된다고 느꼈기 때문이다. 또한, 우리의 앞날은 우리도 모른다. 계획은 계획대로 되지 않는 것이 계획이다. 그럼에도 뜻을 세우고 꾸준히 살아간다는 것 자체가 의미가 있는지도 모르겠다. 계획을 완벽하게 이루어내는 것은 잎사귀를 스치듯 지나가는 바람 같은 것이니 구태여 마음에 담아두지 않았으면 한다. 인생이란 원래 아름다운 것만 찾는 것만으로도 부족한 삶이다. 순간을 즐기지 못하면 영원은 스쳐 지나갈 뿐이다. 우리는 영원을 알지 못하기에 순간을 즐겨야 한다. 그러니 내 삶을 살아야겠다. 그것도 무지토록 아름답게. 결국에는 마음가짐의 차이가 인생이라는 큰 굴기 안에서 격차를 만들고 다른 결과를 만들어낸다는 것, 이것이 우리가 지녀야 하는 마음의 격일지도 모르겠다.

37

완벽한 추락

가을은 바닥과도 닮아 있다. 추락하는 낙엽은 비가 되어 바닥에 나뒹굴었다.

널브러진 낙엽 사이에는, 열매는 맺었지만 끝내 맺지 못한 추락한 은행들이 보인다.

걷다가 밟힌 은행 열매는 마치 나인 것처럼 사회로부터 적응하지 못하고 떨어져 나가버린 나 같아서 한동안 바닥만을 쳐다보았다. 완벽한 추락을 통해서 가을의 바닥이 선명하게 보인다. 저기 떨어진 누군가의 열매처럼.

가을은 어쩌면 바닥이었고 나의 마음이었다.

어릴 적 꿈꾸던 공상은 망상이 되어 버렸고 바라왔던 이상은 하룻밤의 몽상이 되어 버렸다.

영원할 것만 같았던 마음도 낙엽이 되어 떨어졌고 청춘을 바쳤던 시절도 은행 열매처럼 바스러져 간다.

시간은 앞으로만 흐른다.

자질구레한 감정들에 온몸이 휘감기기보다는 언젠가 되돌아보았을 때 진하게 기억될 선명한 자국을 남기자.

마침표는 영원하지 않다. 과거에 내린 결정은 시간이 지나 되돌아보았을 때 그것은 쉼표에 가까웠다.

모든 것이 무너져 내릴 때는 마치 모든 것이 끝날 것만 같았는데, 살아보니 그렇지 않다는 것을 이제는 안다.

그러니 우리는 더 완벽히 추락하며 대담히 살아가자.

38.
온전한 삶에 변수가
툭 하니 끼어들었다

예전에는 소개팅이 줄줄이 소시지처럼 이어졌다. 주선자의 연락이 끊이지 않았고, 그럴 때마다 별다른 고민 없이 단칼에 거절하곤 했었다. 그때에는 스스로가 아직 연애에 있어서 준비되지 않았다고 생각했고 혼자가 익숙하고 편했으며 또한 인연이라는 것은 억지로 만드는 것이 아니라 자연스레 찾아와야 한다고 믿었기 때문이다. 그러다 어느 순간부터 소개팅이 뚝 끊겨버렸다. 자연스레 찾아올 거라 믿었던 인연도 오지 않았다. 그렇게 시간이 한참 지나서야 오랜만에 소개팅이 들어왔다. 처음에는 오랜만의 소개팅이라 받아야 할지 말지 망설였지만 이런 기회가 흔히 오지 않는다는 것을 지난 몇 년을 걸쳐 알게 되었기 때문에 무조건 받는다고 말했다. 단순히 이런 기회가 쉽게 오는 게 아닌 것을 알아서 놓치고 싶지 않아서였다기보다는 요즘 들어 '연애를 하고 싶다.'라는 감정이 내 안에서 점점 더 선명해지고 마음을 지배했기 때문이다.

요즘 소개팅의 방식은 예전과 달랐다. 주선자가 SNS상에서 서로 대화를 할 수 있는 창구를 열어주는 것이었다. 예전에 소개팅했을 때는 서

로 전화번호를 교환하고 연락을 했던 것 같은데 요즘은 소개팅의 방식
도 많이 달라진 듯하다. 시대가 변한 것일까, 아니면 인간관계의 속성
이 달라진 것일까. 이런 소개팅의 특징이라고 한다면 상대방의 프로필
을 봄으로써 상대방이 어떠한 사람인지 대충이나마 예측할 수 있다는
점이고 반대로 상대방을 만나기도 전에 이미 하나의 인상을 형성해 버
린다는 것이다. 상대방의 프로필 사진을 여러 장 보다가 문득 '나란 사람
은 상대방에게 어떻게 비칠까?'라는 생각을 했다. 나아가 과연 '서로가
잘 맞을까?'라는 생각을 했다. 그렇게 막상 소개를 받게 되니 알 수 없
는 불편함이 느껴지기 시작했고 익숙하지 않은 것을 하려고 하니 도무
지 마음이 움직이지 않았다. 이것은 연애하고 싶다는 감정과 새로운 관
계를 맺는 일에 대한 부담감이 충돌하는 순간이었다. 이러한 감정이 어
디서 비롯되었는지 곰곰이 생각해 봤다. '온전히 자신의 삶을 살아가고
있는데 예기치 않은 변수가 툭 하니 삶에 끼어들어 방해가 될까 봐.'였을
까. 아니면 혼자라는 삶이 뿌리 깊게 자리를 잡았는데 갑자기 시간과 감
정을 알 수 없는 존재에게 나눠야 할 때 다가오는 두려움 때문이었을까.
그것도 아니라면 연애까지 가는 과정이 귀찮아서, 상대방을 알아가는
그 과정이 힘들어서일까. 그러한 과정을 건너뛰기를 하듯 넘어서서 안
정된 연애만을 하고 싶어서였을까. 설렘보다 안정감을 선호하는 나이가
되어서였을까.

인간은 관계 속에서 살아가는 존재지만, 동시에 관계를 맺는 일은 언제나 번거롭게 느껴진다. 새로운 사람을 알아가고 서로의 다름을 조율하고 실망과 기대가 교차하는 그 모든 과정이 쉽지 않기 때문이다. 하지만 그렇다고 해서 혼자가 꼭 더 편한 것만은 아닌 것 같다. 삶은 언제나 '혼자'라는 익숙함을 벗어나는 순간에 성장하고 인연은 그렇게 예상치 못한 곳에서 만나게 되니깐. 그러니 결국 일단 일을 벌이고 보는 것이다. 망설이다 놓쳐버리는 것보다는 한 발 내딛는 것이 더 현명할지도 모른다. 어쩌면 이 만남이 아무 의미 없이 스쳐가는 인연이 될지도 모르겠지만 그럼에도 미리 그 끝을 단정 지을 필요는 없다고 생각했다. 모든 우연이 필연이 되기까지는 반드시 한 번의 '시작'이 필요하니깐. 그러다 보면 어쩌면 어느 날, 우연처럼 인연이 스며들어 올 수도 있으니깐.

39

이 마음이
당신과 연동이 된다면

잠들기 전 눈을 감고 있으며 머릿속에 이런저런 생각이 부유한다. 생각은 꼬리에 꼬리를 물고 늘어서기도 하며, 오늘 접했던 미디어나 노랫말 또는 책으로부터 알게 된 예쁜 단어들을 되새겨 보는 시간이 되었다. 그러다 갑자기 떠오르는 영감들이 떠나기 전에 휴대폰을 켜고 글을 적어야겠지만 고단한 하루 끝에 그것마저 쉽지 않을 때는 아침에 일어나서 반드시 적어야 하지 하며 잠들었는데 아침에 일어났더니 전날 밤 무슨 생각을 했는지 사라져 간 문장들이 마치 이별한 옛 연인 같아 다시는 재회하지 못하곤 했었다. 어쩌면 생각이란 것이 원래 그렇게 붙잡을 수 없는 것인지도 모르겠다. 의식의 흐름 속에서 순간적으로 반짝이다가 사라지는 것이 마치 우주 어딘가를 떠돌다 내게 잠시 머문 것만 같았다.

길을 걷다가 어쩌다 마주친 수많은 감정들이 떠올랐다가 지나쳐갈 때가 있었다. 이것은 휘발성이 강해서 순식간에 없어지곤 하는데 시간이 지나 그때 느꼈던 그 감정을 다시 떠올려 글로 표현한다는 것은 마치 잃어버린 지갑을 찾는 것과 비슷했다. 그러다 똑같은 지갑을 다시 찾아낸다 한들 '그 안에 담긴 감정이 같을까?'라는 생각이 들었다. 그래서인지 문득 내 생각이 스마트폰과 연동이 되면 얼마나 좋을까 생각을 했다. 내가 무의식 속에서 떠올린 모든 문장들이 자동으로 기록이 된다면 나는 더 이상 잃어버린 생각에 대해서 아쉬움을 느끼지 않을까 해서.

그리고 또 하나, 잠들지 못한 이 야심한 밤에 '당신을 떠올리는 이 마음이 당신과 연동이 된다면 어떨까?'라는 생각이 떠올랐다. 그렇다면 나는 부끄러워해야 할까 아니면 당신이 나의 마음을 확인한 것에 대해서 되레 좋아해야 할까. 그럼에도 공유된 나의 감정에 대해서 당신이 의구심을 가진다면 그때는 스마트워치에 표시된 심박수가 사랑의 지표가 되어 당신에게 알려주겠지. 사랑임을.

하지만 사랑이란 것이 단순한 수치로 환산된다면, 떨림과 설렘이 숫자로 측정된다면, 우리는 사랑을 더 정확하게 이해하는 것이 아니라 오히려 사랑의 본질을 잃어버리게 되는 것이 아닐까. 사랑이 아름다운 이유는 그것이 설명되지 않는 감정이기 때문일 것이다. 온전히 논리로 표현할 수 없는 것, 흐릿하게 존재하며 때로는 사라지고 때로는 다시 떠오르는 것이야말로 사랑의 실체가 아닐까 한다. 결국, 사랑은 생각처럼 붙잡을 수 없는 것이라서 그래서 아름다운 게 아닐까.

사랑이 아름다운 이유는 온전히 논리로 표현할 수 없는 것,
흐릿하게 존재하며 때로는 사라지고 때로는 다시 떠오르는 것,
그렇기에 당신을 떠올리는 마음 또한 사랑이다.

40.
알 수 없는
인생의 답을
찾아 헤매는 중

예고하지 않은 비가 내리는 것처럼 삶의 모퉁이에서 예기치 않은 일들이 벌어지고는 한다. 따르릉따르릉 휴대폰에서 전화벨이 울렸다. K로부터 오랜만에 전화가 왔다. K가 어떻게 사는지에 대한 근황은 주변 사람들로부터 전해 들었지만, 갑자기 찾아온 전화는 당황하게 만들기에 충분했다. "잘 살고 있나?"라는 K의 질문에 "사는 게 다 똑같지. 그냥 사는 거지."라고 대답을 했다.

그러고 보니 K는 소방공무원 시험을 준비한다고 했었다. 소방공무원 시험의 결과가 어떻게 되었는지 궁금했지만 차마 입 밖으로 내뱉는 것이 실례가 될까 봐 말하지 않았는데 K가 먼저 입에 올렸다. "야, 나 어떡하냐. 시험 떨어졌다. 정말 미쳐버릴 것 같다. 하아." 그 말에 무슨 말을 해줘야 할까 한참을 고민했다. 전화기 속의 침묵을 알아채었는지 K가 마저 말을 이어나갔다. 지금 심정은 나락이라고 한다. 소방공무원 시험이 뭐라고 자존감이 바닥을 치고 주변으로부터 본인을 바라보았을 때 하자가 있는 인간으로 보는 시선이 버겁다고 한다. 더욱이 분한 것은 정말 죽을 것같이 노력했는데 성적이 압도적으로 높아서 당연히 합격할 것으로 생각했는데 결과론적으로 떨어졌으니 이 결과를 받아들이는 게 너무 힘들다고 한다. 사람들은 이 시험이 얼마나 힘든지 잘 모르니깐, 이해하지 못하니깐, 이런 자신의 상태에 대해서 '네가 노력이 부족했으니 그런 결과가 나왔겠지.'라는 둥 또는 '다시 재도전하면 이번에 합격하겠네. 조금만 더 노력하면은 되겠네.'라고 쉽게 이야기하는 것도 받아들이지 못하겠다고 말했다. 이 모든 것을 본인 스스로 감내해야겠지만 한편으로 씁쓸하다고 한다. 그럼에도 정답은 명확하고 어떻게 해야 하는지 잘 알고 있다고 한다. 다시 재도전하는 것. 다만 불확실한 요소로 인해서 이번과 똑같은 결과가 나올까 봐 두렵다고 한다.

이렇게 넋두리를 내뱉는 것을 보니 감정을 잘 추스르고 있는 것 같아 참 다행이라고 생각을 했다. 아직까지 어떠한 감정들이 남아 있겠지만 그것도 곧 끝날 것 같은 기분이 들었다. 그리고 언제 그랬냐는 듯이 목표한 일을 향해 묵묵히 나아갈 것이라고 생각이 들었다. 삶을 대하는 태도, 인생이 점이 아니라 선이듯이 성공을 했든 실패를 했든 단순히 점으로 끝나는 게 아니라 성장으로 이어진다는 것을 우리는 알고 있다. 인생이란 결국은 자신만의 항해를 떠나는 과정이다. 모두가 각자의 바다 위에서 나아가고 있지만, 항로는 저마다 다르다. 같은 폭풍을 겪어도 방향을 잃지 않는 사람이 있는 반면에 잠시 길을 헤매다 다시 나아가는 사람도 있는 것이다. 중요한 것은 항해를 멈추지 않는 것이다. 알 수 없는 인생의 답을 찾아 항해하고 있는 우리들. 각자의 타이밍이 있을 거라 믿는다. 그러니 마음이 부는 방향대로 나아가기를.

41

正答:

올바르게 답하는 것

학창 시절에 우리는 정답이 정해진 문제에 대해서만 배웠었다. 그러나 인생을 살아보니 정답은 없었다. 세상에는 정답이라는 단어로 치부되는 문제는 존재하지 않는 사실을 깨닫게 되었다. 문제는 누구에게나 주어진다. 그러나 그 문제를 풀어가는 과정은 제각기 다르며 그 정답 또한 다르다는 것을 서른 무렵이 되었을 때 알게 되었다. 그 누구도 알려주지 않기에 우리는 문제를 받았을 때 고심을 하고 '이것이 맞는 것일까?' 수많은 시간을 고민과 걱정이라는 감정에 지배되어 정답을 찾아 헤매곤 한다. 하지만 우리는 알고 있다. 이미 정답은 마음속으로 정해져 있다는 것을. 다만 그 길이 맞는지 확신을 얻고 싶어서 주변 사람들에게 조언을 구하는 것일지도 모른다. 그러니 조금은 걱정 안 했으면 좋겠다. 이미 정답을 알고 있으니 그 길을 당차게 걸어갔으면 좋겠다. 설혹 그 길이 정답이 아닐지라도. 정답이 아니면 또 어떻겠는가. 그렇게 또 하나 배우면 되는 것을. 아니면 자신이 가는 길을 정답으로 만들어보는 것도 하나의 좋은 방법이라고 생각한다.

잘 다니고 있던 직장을 퇴사한다고 말했을 무렵, 주변 사람들에게서 가장 많이 들었던 말들은 "굳이 왜 잘 다니고 있는 직장을 나가려고 하나, 지금 충분히 잘하고 있고 또 지금까지 한 것이 아깝지 않냐, 가만히만 있어도 진급은 당연하고 높은 자리까지는 무난하게 갈 수 있을 텐데 왜 안정된 길을 놔두고 그런 험난한 길을 가려고 하냐, 네가 가려는 그 길은 명예와 사회적 직위를 고려했을 때 분명 지금보다도 낮아질 텐데." 이런 말들을 들을 때는 진정으로 나를 위해서 하는 말인 것을 알고 있지만, 또 한편으로 이런 말들을 해주는 사람들도 단 한 번도 나와 같은 선택을 해보지 않았기에 굳이 마음 깊이 새겨들을 필요가 없다고 생각했다. "후회하더라도 스스로 하고 그 책임 또한 스스로가 진다. 나의 인생은 주체적으로 살아가 보자."라는 생각을 했다. 어떤 것이 정답일지는 모른다. 그럼에도 다른 사람들의 조언에 휘둘리기보다는 직접 가고자하는 길을 걸어보고, 그 끝에 후회가 생긴다면 그런 후회를 주체적으로하고 싶었다.

그래서일까. 우리는 학창 시절부터 정형화된 커리큘럼에 따라 단조롭게 인생을 살아가는 모습이 아쉽게만 느껴졌다. 대학을 잘 가기 위해 공부를 하고 취업을 하기 위해서 자격증과 스펙을 쌓고 그러고선 결혼이라는 종착점에 다다른 모습. 그런 획일화된 틀에서 벗어나 인생이라는 마라톤에서 진취적이고 자발적으로 살아보고 싶었다. 한순간에 끝나는 것이 인생이 아니라는 것을 많은 경험 후에 깨달았기에 때문이다. 비워진 인생의 빈칸을 스스로 완성하는 것이다. 자기의 인생에 점수를 매겨보며 답안지를 찾아보는 것이다. 정답은 한자로 보면 바를 정(正), 답할 답(答)을 표기한다. 그러니 본인의 경험을 바탕으로 가장 올바르게 답하며 살아가면 되지 않을까.

'나무는 겨울을 나기 위해 가지에 달린 잎을 떨어트린다. 그렇게 뾰족하게 나뭇가지만 자리 잡는다. 나 또한 생존하기 위해 마음의 문을 닫고 스스로를 고립시킨다. 지금 하는 행동들이 저 앙상히 나뭇가지만 남은 나무처럼 볼품이 없을지라도 이것은 명백히 삶에 대한 도전이다. 인생이라는 큰 틀에서 보면 지나가는 한 모퉁이며, 하나의 여정에 불과한 것이니깐.'

비워진 인생의 빈칸을 스스로 완성하는 것,
자기의 인생에 점수를 매겨보며 답안지를 찾아보는 것,
인생이라는 큰 틀에서 보면 지금의 고민은 지나가는 한 모퉁이며,
하나의 여정에 불과한 것이니깐.

온전한 삶은 없겠지만

"우리는 마치 마라톤처럼 긴 호흡을 가지고 인생이라는 굴곡을 여행할 수 있는 용기와 어떠한 시련 앞에서도 당당히 나아갈 수 있는 체력을 길러야 한다."

3부

42

우리의 간격

유난히도 밝은 달이 보이는 날이면 생각나는 이야기가 하나 있다.

한강을 거닐던 밤, 당신이 문득 말했다. "허락 없이 내 손을 잡아도 돼."

그리고 또 어떤 밤, 집 앞에서 헤어지는 순간 아쉬움을 견디지 못해 서로의 품을 내어주던 그때.

어느 날 당신은 달을 보며 말했다. "달을 볼 때마다 나를 떠올려줘." 그때는 그 의미를 알지 못했었다.

슈퍼문이 뜬다는 소식에 당신은 같이 보러 가자고 말했다. 그러고서는 "조금이라도 더 크게 나를 봐줘."

그러다 어느 날, 당신은 등을 돌리며 떠나가며 말했다. "달의 뒷면."

그 말이 애원이었는지 바람이었는지 그때는 몰랐다. 그리고 그 말이 이토록 오래 남을 줄 몰랐다.

오늘같이 유난히 밝은 달이 보일 때면 여전히 알 수 없는 수수께끼만 남겨둔 그날이 생각난다.

무엇이 당신의 등을 돌리게 했는지, 그때 나는 왜 알지 못했는지.

제법 시간이 지나고 많지 않은 몇 번의 사랑을 지나서야 조금은 알 것만 같았다.

옆에 있음에도 옆에 없는 듯한 기분, 함께하는 순간에도 느껴지는 외로움.

달은 늘 같은 자리에 있지만, 우리는 다만 그 앞면만 바라봤을 뿐이란 것을.

뒷면이 존재함을 알면서도 보지 않으려 했던 것인지, 아니면 바라볼 관심조차 없었던 것인지.

오늘같이 유난히 밝은 달이 보일 때면 그 뒷모습이 궁금해진다.

이것이 당신이 원했던 우리의 간격이었는지 아니면 너의 진심을 알지 못했던, 서툴렀던 나였는지.

43.
이별의 순간이 온다면

　오랜만에 습도가 낮아 꽤 안정적인 여름 날씨였다. 친구와 석촌호수를 걷기 딱 좋았으며, 땀이 조금씩 나는 것이 묵은 때가 벗겨지는 기분이었다. 오늘 우리의 대화는 '이별'을 중심으로 흘러갔다. 친구를 최근에 만났을 때가 5월 무렵, 그때도 친구는 남자 친구와 헤어질 결심을 하고 있었는데 몇 달이 지난 지금도 여전히 그 관계를 정리하지 못하고 있었다. 자세히 이야기를 들어보니 그 시기 무렵, 우연인지 필연인지 남자 친구에게 안 좋은 일이 발생하고야 말았다. 그래서 무척 힘든 시기를 보내고 있는 사람을 떠나는 게 미안한 일이라서, 그게 마음에 걸려서 '헤어지자.'라는 말을 속으로만 되뇌었다고 한다. 그리고 이 일이 끝날 무렵까지 조금만 더 곁을 지켜주어야겠다고 생각했다고 한다.

　이제 모든 것이 어느 정도 정리된 시점에서, 헤어지자고 말은 꺼내야 하는데 막상 말을 꺼내려고 할 때면 주저하게 된다고 한다. 나는 친구에게 헤어지는 이유에 대해서 조심스럽게 물어보았다. 친구는 이제 나이가 어느새 서른 중반을 넘어가고 있는 현시점에서 더 늦기 전에 결혼하

151

고 아이를 갖고 싶다고 말했다. 그러나 남자 친구는 결혼에 대해서 확신이 없었고 그것 때문에 헤어져야 하는지 흔들리고 있었다. 이성적으로는 한시라도 빨리 헤어지고 다른 좋은 사람을 만나 결혼하는 게 답이겠지만 현실적으로 '지금의 남자 친구와 같은 사람을 다시 만날 수 있을까?'라는 걱정과 남자 친구와 오랫동안 함께한 시간이 주는 무게가 가슴을 붙잡았기에 어떻게 사람의 마음이 한순간에 동전 뒤집기처럼 변할수 있냐는 것이다.

우리는 살아가면서 머리로는 알고 있지만, 마음이 아직까지 붙잡고 있는 일들이 많다. 이성과 감성은 언제나 시간 차이가 있어서 결정하는 것은 늘 고통스럽게 만든다. 그럼에도 우리는 끝끝내 어떠한 선택이더라도 결정을 해야 하는 순간이 온다. 어쩌면 마음속에 이미 정답을 정해 놓았지만 머뭇거리는 시간이 필요할지도 모른다. 헤어짐에 있어 주저하게 만드는 것은 '아직도 당신을 필요로 하는 마음이 정리될 때까지 당신을 이용하는 이기적임일 수도 있고 아니면 당신이 내가 무엇 때문에 힘들어하는지를 알고 맞춰주다 보면 지금의 마음이 변하지 않을까?'라는 일말의 가능성 때문일지도 모르겠다.

그럼에도 이별의 순간이 오게 된다면, 세상에 괜찮은 이별이 어디 있겠냐마는 이별 앞에서 늘 초연했으면 좋겠다. 가볍게 만나고, 쉽게 사랑하고, 무던히 이별할 수 있는 그런 사람이었으면 좋겠다. 과거에 연연하지 않으며, 뒤늦은 후회도 없고 이별 후에 적당히 아파하고 언제 아팠냐는 듯이 금세 잊고선 새로운 사랑을 시작할 수 있는 그런 사람이었으면 좋겠다. 여전히 그렇게 할 수 없는 것을 알지만 그럼에도 아무렇지 않게 안녕을 말할 수 있는 사람이었으면 좋겠다. 한때 뜨겁게 사랑했지만 결국 서로의 삶에서 지나가듯이 사라지는 것이 아니라 우리 안에서 또 다른 형태로 남아 흐를 것을 알기에 부디 쉬이 사랑하고 쉬이 헤어지는 그런 무던한 사람이 되었으면 한다.

44.
행복하다는 소식을
들었습니다

한 남자와 한 여자가 만난다.

두 사람은 황혼이 질 무렵 해변을 따라 걸었다. 지나온 모래 위로 두 발자국이 뚝 끊겼다.

'난 그대의 손이 좋아요.' 그렇게 사랑의 교집합이 형성되었다.

한 남자와 한 여자가 만난다.

두 사람은 도시가 한눈에 내다보이는 건물 위에서 석양이 떨어지는 모습을 말없이 바라보았다.

석양이 도시의 건물에 잠길 때 즈음 두 사람의 그림자도 사라진다.

'우리에겐 여기까지가 좋겠어요.' 그렇게 사랑의 그림자 속에 숨어 있던 이별이 모습을 드러냈다.

한 남자와 한 여자가 살아간다.

공백이 만들어낸 공간 틈 사이로 함께했던 순간이 들어올 때면 잠시 시간을 멈추어 그때의 우리를 회상한다.

'가끔은 그때의 우리가 그리울 때가 있습니다. 그리고 당신이 행복하다는 소식을 들었습니다. 사랑했던 우리, 이별 후에 죽을 것만 같았지만 그냥 이렇게 살아지네요. 내가 채울 수 없었던 외로움은 그만 놓아두고선 부디 행복하세요.'

45.
인생이라는 굴곡을
여행할 수 있는 용기

삶이란 늘 앞으로 흐른다. 뒤로 돌아가는 것을 결코 용납하지 않는다. 과거에 머무른 것은 생애 좋았던 순간에 머무르고 싶었던 마음의 발현일지도 모른다. 현실은 지금 이 글을 적는 순간에도 무심히 앞으로만 흐른다. 현재 순간이 좋든 싫든 간에 우리는 있는 모습 그대로를 받아들이는 연습이 필요하다. 한때 나는 과거에 얽매어 벗어나지 못할 때가 있었다. 자기에 대한 혐오가 지배했을 때 무기력함과 좌절감 그리고 알 수 없는 분노가 모습을 드러냈었다. 그래, 바닥이었다. 아니 바닥이라고 생각했던 것이 더 이상 바닥이 아니었음을 깨우쳤을 때는 끝없는 추락을 실감했었다.

2024년 그해 여름의 끝자락에서 지옥의 초입을 맞이했다. 몇 해 전 부자가 되고 싶은 욕심에 눈이 멀었고 이성적인 판단의 범주에서 벗어난 감정에 의한 결정은 '억 단위'라는 손실을 가져다주었다. 탐욕이 만든 또 다른 자아는 이성적인 판단을 하지 못하게 하였고 한번 늪에 빠져버린 발은 헤어 나오려 할수록 더 깊숙한 곳으로 데려갔다. 그렇게 멘털이 망가지기 시작하면서 심리적으로 불안정한 상태가 되어버렸다. 당시 현실을 받아들일 수 있는 용기가 부족했다. 그 이유는 10년간 일하면서 악착같이 모았던 피 같은 돈이 마치 신기루처럼 한순간에 증발해 버렸으니 도저히 맨정신으로 버티기가 힘들었기 때문이다. 정확히 말하자면 10년간의 세월이 마치 부정당한 듯한 기분이었다. 지금까지 돈을 모으기 위해 사람도 만나지 않으며 하고 싶은 것들을 꾹꾹 참으며 모았던 돈이 허무하게 사라졌으니……. 심지어 최근에 퇴직하면서 당분간 수입도 없는 상태였다. 엎친 데 덮친 격으로 무릎 수술을 하게 되면서 아르바이트도 하지 못하는 상태가 되었고 어떻게 해야 이 상황을 모면할 수 있을는지 끝을 알 수 없는 추락을 하던 절망적인 여름이었다.

　인생을 살다 보면 쉽게 쉽게 살아가는 듯한 사람들이 있다. 별다른 노력을 하지 않아도 어떠한 바람이 불어서인지 가고자 하는 길을 순풍처럼 나아가는 사람들이 있는 반면에 세상의 모든 불합리함을 혼자 다 짊어진 것과 같이 고통을 겹겹이 쌓아 매 순간 난제를 극복해 나가는 사람이 있다. 나는 후자에 가까운 사람으로서 기꺼이 삶에 대해서 정면으로 마주할 것이다. 마치 신이 성공의 이름을 짊어질 수 있는 재목인지 판단하기 위해 크나큰 시련을 부여한다고 믿는 것처럼.

비록 모든 것을 잃었지만 인생을 일률천편적으로 하나의 단어로 정의하기에는 삶 속에 숨은 의미가 참으로 다채로운 듯하다. 인생을 짧은 호흡으로 바라본다면 그것은 극히 인생의 한순간에 지나지 않는다. 그러니 우리는 마치 마라톤처럼 긴 호흡을 가지고 인생이라는 굴곡을 여행할 수 있는 용기와 어떠한 시련 앞에서도 당당히 나아갈 수 있는 체력을 길러야 한다. 때론 그 여정에서 힘에 부쳐 무너질지도 모른다. 그럼에도 우리는 나아가는 길 앞에 막아선 장애물을 부수든 뛰어넘든 나아가야 한다. 결국, 시련이라는 의미는 관점을 어떻게 두느냐에 따라 그 의미가 달라지듯이, 행복이라는 단어 또한 결국은 불행이 없다면 그 진정한 의미를 알지 못하는 것처럼 불행한 순간도 삶의 일부이니 기꺼이 이 모든 순간을 겸허히 받아들이고 사랑하자.

46.
도시 속 사람들

우리는 무수한 관계들 속에 복잡하게 살아가는 존재들이다.

그 관계들은 원하든 원하지 않든 우리는 감정을 배제한 채 알 수 없는 소속감과 책임감 속에 살아가고 있다.

해를 가린 직각의 모서리, 숨 막히게 정렬된 네모난 상자들 그리고 상자 속 가득 찬 사람들.

목적지를 향해 바삐 움직이는 무수한 발자국들, 하루의 끝은 자그마한 침대 위에서 부려보는 빠듯한 여유 하나.

이러한 삶에 익숙해질 무렵 소중했던 것에 대해 소홀해져 갔다.

아니, 정확히 말하자면 소중했던 것이 무엇이었는지 기억이 나지 않았다.

그럼에도 살아간다. 또다시 살아간다. 살아가야 하는 이유를 묻는다면 그것은 아마도 살아야 할 이유가 하나쯤은 가슴 한구석에 있기 때문이지 않을까 싶다.

47.
사람과 사람이
만나는 일

타지생활을 오래 하다 보면 외로움과 친구가 되어간다.

수많은 연락처 사이를 뒤져봐도 마땅히 연락할 사람이 없다.

몸이 멀어져서일까 친한 친구들과 연락도 드문드문해진다.

그렇다고 타지에서 스쳐가듯 만난 사람들에게 연락하자니

과연 그 사람들이 나의 근황에 관해서 궁금해할까 의문스럽다.

이내 휴대폰을 베개 밑에 묻어둔다. 멍하니 천장을 바라보며 부유하는 생각을 적어본다.

'요즘 들어 불쑥 찾아와 건드리는 것.

감정이 무뎌진 거라 애써 외면한 것.

그럼에도 그렇게 애타게 그리워하는 것.

외로움을 손에 움켜쥐고 살아가는 것.

아프지는 않지만 그렇게 마음을 죽이는 것.

홀로 집에 돌아오는 길, 위태로운 웃음 속에 감춰둔 어설픈 표정을 짓는 일.

사람과 사람이 만나는 일 그리고 사랑하는 일.

그러니 누가 날 가까이 들여다 봐줬으면 해, 부디 내게 눈을 맞춰줬으면 해.'

올해의 여름은 폭염이 이르게 다가왔다. 날씨가 더워서 집에서는 더이상 버틸 재간이 없다는 생각이 들어 부랴부랴 가방을 들고 근처 카페로 도망치듯 나왔다. 카페에 들어서니 평일 시간이라 그런지 한적했고 빈자리들이 반겼다. 창밖으로 지하철이 지나가는 모습이 보이는 창가 자리에 앉아 아이스커피를 한 모금을 마신 뒤 가방 속에서 노트북을 꺼내어 이런저런 글귀를 끄적여 본다. 도무지 어떤 글을 적어야 할지 생각이 좀처럼 떠오르지 않는다. 이내 창밖으로 시선을 돌린 뒤 무념으로 생각을 채워본다.

그러다 화장실을 가다가 낯익은 얼굴이 반긴다. 서로가 눈을 마주친 후 동그래진 눈으로 서로를 바라보다 이내 웃으며 안부 인사를 건넨다. 예전에 스터디 모임에서 만났던 친구였다. 시간이 꽤 흘렀음에도 여전히 예전 모습 그대로였다. 비록 오랜 기간 교류한 사이는 아니었지만 그럼에도 깊은 관계를 형성했던 친구였다. 우리는 각자의 미래를 위해 열정을 노래하곤 했었는데 어느새 사회의 어엿한 일원으로서 자리매김하며 살아가고 있다는 소식을 전해 들었을 때 시간이 참으로 많이 흘렀다는 것을 깨달았다.

　한때는 가깝게 지냈던 관계였는데 같이 보낸 시간이 무색해질 만큼 삶의 흐름 속에서 자연스레 멀어졌다. 만남과 헤어짐이 인과율이라 어찌할 수 없는 노릇이지만 한편으로는 아쉬움이 남았다. 지금까지 계속해서 연락하고 지냈다면 우리의 관계가 어떻게 발전이 되었을까 하곤 말이다. 그런데도 이렇게 다시 얼굴을 볼 수 있었던 것만으로도 우리의 관계가 보통의 관계가 아니었음을 증명해 주는 것만 같은 기분이 들어 조금은 위로가 되었다. 나아가 단순한 우연이 아니라 흘러간 시간이 다시 한번 길을 내어준 것만 같았다.

　지나간 시간들, 나아가는 발걸음들, 시간이 흐른 게 믿어지지 않는다. 만남이라는 것이 억지로 붙잡으려 해도 떠나가듯이, 예기치 않은 순간에 이렇게 마주치는 것을 보니 인연이란 것이 보통의 것이 아니란 것을 새삼 느끼게 된다. 그러니 어떠한 만남에 있어서 쉬이여기지 말아야겠다. 새로운 인연을 맺게 된다면 그릇된 언행을 하지 않도록 스스로를 되새김해야겠다. 또 언제가 이런 예기치 않은 만남이 생길지 모르니.

49.
인연 속에서
깊어지는 것

    최근에 새로운 직장으로 이직을 완료한 상태이다. 앞으로 입사하기까지 몇 개월이라는 시간이 남아 있었기에 쉬는 것도 좋지마는 성격상 아무것도 하지 않는 것에 대해서 스스로가 도저히 용납할 수가 없어서 서른 중반이라는 나이에 아르바이트를 구하기 시작했다. '10년이라는 짧지 않은 시간 동안 사회 경험을 한 까닭일까?' 아르바이트를 고름에 있어서 사소한 것 하나하나 따지다 보니 입맛에 맞는 아르바이트를 구하는 것은 여간 어려운 일이 아니었다. 지금까지 일을 해왔기에 조금은 여유롭게 생활비를 벌면서도 취미 생활을 즐길 만큼 여유로운 일이어야 했고 그렇다고 지나치게 낮은 보수를 받아야 하는 일은 하고 싶지 않았다. 이러한 요구 조건에 충족하는 일은 찾는 것은 욕심에 가깝다고 느껴졌다. 요즘 아르바이트생들은 애매한 시간제로 인해서 일하는 시간이 적어 실질적으로 가져가는 보수는 낮았기에 '이 돈을 받으려고 굳이 출근해야 하는가.'라는 의문점을 가져다주었다. 반면에 보수가 강한 곳은 보통 몸을 사용하는 업무로 대부분 노동력이 많이 들어가거나 잔업까지 해야 하는 상황이기에 아르바이트를 지원하기에는 쉬면서 적당히 일하기라는 취지와는 거리가 멀었다. '앞으로 살아가면서 이렇게 쉴 수 있는 날이 얼마나 있을까?'라는 생각 때문이었는지 결론적으로 이런저런 핑계들로 인해서 아르바이트를 구하기는 쉽지 않았고 어떻게 보면 아르바이트를 하고 싶다는 생각이 아직은 마음속에서 우러나오지 않은 것이 아닌가 생각이 들었다.

한편으로 이게 마치 살아가면서 만나는 수많은 관계와 비슷한 것 같다는 생각이 들었다. 누군가를 만나고 관계를 형성하는 과정에서 우리는 늘 계산하고 재단한다. 나와 결이 비슷한 사람인지, 성격이 나와 잘 맞을지, 짧게 스쳐가는 사람인지. 인생에 있어서 서로에게 긍정적인 영향을 주는 사람인지 등. 우리는 수많은 관계 속에서 맺음과 끊음을 반복하면서 살아가고 있다. 어릴 때는 다양한 사람들을 만나며 그것이 인맥이 되었으며, 그러한 인맥들로 하여금 나의 사회적 지위가 올라가는 것만 같은 기분이 들었다. 그러나 세월이 지나 나이가 들면서 그러한 관계들도 하나하나씩 정리가 되곤 했었는데 그 이유는 서로가 나아가는 방향이 달라서였다. 사람과 어울린다는 것은 공통분모가 있어서 서로가 공감대가 형성되는 것이기에 나이가 들면서 서로의 관심사가 달라진다거나 자기만의 영역이 형성됨으로써 그 영역과 벗어나는 관계에 대해서는 냉정하게 끊어내기도 한다. 그렇기에 어릴 적에는 그렇게나 가까운 친구였는데 어느 순간 돌아보면 연락이 뜸하거나 가끔 소셜미디어 속에서 볼 수 있는 그런저런 관계로 남아 있는 것처럼.

나이가 들어감에 따라 자기만의 영역이 형성됨으로써 새로운 사람을 만나는 일은 쉽지 않고 그 속에서 관계를 맺고 유지하는 것은 더욱 어려운 일이 된다. 나이가 들어가면서 선천적인 요소와 후천적인 경험이 합쳐져 만들어진 결과물인 자기만의 영역, 새로운 것들을 통해 변화나 영감을 받아들이는 행위보다는 익숙한 것들로 주변을 채워 안정감 있게 살기를 원해서였는지 새로운 것들을 받아들이거나 새로운 관계를 맺는 것은 늘 달갑지 않게 느껴진다. 이러한 습관이 나이가 들어서인지는 알 수는 없지만 이런 게 자연스럽게 늙어가는 과정이라면 나는 조금은 나의 영역을 열어두고 싶다. 오래된 관계가 소중하듯, 새로운 관계 역시도 의미가 있을 테니깐. 삶은 결국 관계 속에서 피어나고 인연 속에서 깊어지는 것이니깐.

50.
감정이
모호해지는 순간

11월의 어느 날, 가을비가 조용히 창문을 적셨다.

어제까지만 해도 따스했던 공기가 비 한줄기에 씻겨 내려가듯, 서둘러 겨울을 재촉하고 있다.

비가 내린 후 바람은 날카로워졌고 나무는 마지막 잎새를 힘겹게 붙잡고 있다. 영하로 떨어진 만큼이나 마음의 온도도 한층 쓸쓸해졌다.

이불 밖으로 나가기도 무서우리만큼 차가운 아침, 몸은 웅크려 있으나 머릿속은 오히려 분주하다.

이 순간 아무것도 하지 않는 것이 최선이겠지만 그럴수록 생각은 더 깊이 가라앉는다.

'사랑', '이별', '고독함', '그리움' 가을과 어울리는 단어들을 나열하고선 가을을 되새김한다.

생각이 깊어진 만큼이나 늦은 가을을 이제야 맞이한다.

산다는 것은 무엇일까. 살아가는 것에 대해 늘 질문이 따라다녔다.

그 대답을 알려주는 이는 많았어도 마음에 와닿는 대답은 없었다.

인생의 의미를 찾는다는 것, 인생의 욕망을 위해 산다는 것, 욕망을 위해 현실과 마주한다는 것. 어떤 선택을 하더라도 결코 마음이 편치 않다는 것.

늦가을의 어느 날 내린 비가 뚜렷했던 감정의 경계를 한순간에 무너트려 버렸다.

그렇게 감정에 대해서 모호해지는 순간이 온다. 그렇게 무색해지는 겨울이 다가온다.

그렇게 감정의 결은 계절을 닮아 점차 흐려져 간다.

51.
겨울이 알려준
체감온도

온몸을 앗아갈 듯한 시림이 좋아. 그래서 따뜻함을 찾는 것일지도 몰라.

눈이 내리는 것은 마치 너의 품처럼 포근함을 알리고 싶어서 그랬는지도 몰라.

그러니 오늘 죽어도 좋을 만큼 네가 좋아. 그렇기 때문에 살아 있음을 느끼는 것일지도 몰라.

차가운 바람에 외투를 여미는 것은 따스함을 잃어버려서 그랬는지도 몰라.

아무리 두터운 옷을 입어도 추운 것은 어쩌면 사람과 사람이 나누던 온기가 그리워서 그런 것일지도 몰라.

겨울이 지나 옷장을 정리하다 벗어둔 외투에서 긴 머리카락이 나오는 것은 버리지 못한 미련의 한 올이었을까.

아니면 덕분에 따스한 겨울을 보낼 수 있었던 고마움이었을까. 그때로 멈춰버렸으면 하는 바람이었을까.

아직은 이 슬픈 사랑이 남긴 여운을 간직하고 싶어서일까. 당신이 알려준 사랑 때문이었을까.

아직은 이 슬픈 사랑이 남긴 여운 속에서 머물고 싶다. 당신이 내게
남겨준 그 사랑 때문에.

52

방황하는 지금,
이 순간도 젊음의 증거

솔직하게 말해서 요즘은 글이 적어지지 않습니다. 더 솔직히 말해서 글감조차 떠오르지 않습니다. 글을 적어야겠다는 생각으로 책상에 앉아서 이리저리 타자를 쳐 내려가지만, 그것도 잠시, 다시 백스페이스를 누르고는 어느새 제자리걸음이 됩니다. 무엇이 문제일까요. 이렇게 하루에도 수십 번 똑같은 짓을 반복합니다. 도무지 손에 잡히지 않는 것들을 쓰려고 하니 의욕이 따라오지 못합니다. 의욕을 인질 삼아서 글을 적는다고 해서 꼭 좋은 글이 탄생하지는 않을 것 같습니다.

요즘은 통 바쁘지 않아서 오히려 무기력해지는 것 같습니다. 무기력함이 어느새 나태함이 되었고 그렇게 반복해서 하루를 보내다 보니 이 삶이 익숙해진 탓일까요. 해야 할 일들을 나중에 미루는 습관이 생겨버렸습니다. 어디서부터 망가졌는지 생활 습관도 엉망진창이 되었습니다. 방 안을 구석구석 살펴보면 먼지들이 유독 눈에 띄게 늘어났습니다. 이 모든 것들이 전체적으로 보면 흐리멍덩한 게 꼭 저를 닮은 듯합니다.

막막한 시간들을 잘 보내기 위해서는 어떻게 하는 것이 좋을는지요. 우선 무기력하게 만든 것들과 정정당당하게 맞서 싸우는 것. 즉 정면 돌파하는 것도 하나의 좋은 방법이 될 것 같습니다. 새로운 규율을 만들어내고 그 위에 새로운 것들로 채워보는 겁니다. 그렇게 새로움이 주는 산뜻함으로 변화를 일으킨 것만으로도 충분히 좋은 방법이 될 듯합니다. 두 번째는 못 참을 만큼 막막한 시간들을 견뎌내는 것, 자극적인 것을 찾기보다는 오히려 무미건조한 시간을 오롯이 받아들이는 일입니다. 그렇게 자신 안에 존재하는 그릇을 바꿔보는 것 또한 좋은 방법이 될 듯합니다.

이 글을 적으면서 익숙한 것에 대해서 지겨워하며 새로운 것을 갈망하는 것이 권태기에서 느끼는 감정과 참으로 닮았다고 느껴집니다. 권태기를 극복하는 방법은 사람마다 다르겠지요. 권태기를 보내고 있는 모든 사람들이 다 그런 것이겠죠. 권태기라는 시기에는 어떤 것이 맞고 틀렸는지 모르기에 방황하고 있는 것이겠지요. 어쩌면 방황하고 있는 지금, 이 순간도 젊음의 증거일지도 모르겠습니다. 젊기에 불안한 것이고 그렇기에 주변으로부터 무모하다고 말하는 순간에도 비합리적인 선택도 할 수 있는 것이겠지요. 나아가 정말 어른이 된다는 것은 인생은 뜻대로 흘러가지 않는다는 사실을 무기력감 없이 받아들이는 것일지도 모르겠습니다. 그러니 표류하는 감정을 잘 추스르며 나아가기를 기도합니다.

53.
시간은 그러므로
약이다

  최악의 순간은 항상 겹겹이 따라온다. 되는 것이 하나도 없는 날이면 어김없이 지옥문이 열리고 그 끝없는 나락 속에서 허우적거린다. 그 누구보다도 열심히 살았다고 자부했건만 지옥은 여전히 벗어나기 힘들었다. 얼마나 더 열심히 살아야 하는가. 이 의문의 소용돌이에서 답을 기대하는 것은 누군가에게 용서받는 것보다 어려운 일이었다. 불행은 그림자처럼 늘 따라다녔다. 이런 날이면 무너지고 싶었다. 이런 날에는 술보다는 남의 불행이 더 위로되기도 했었다. 그런 탓에 불행은 거머리처럼 달라붙어 내 안에서 기생하고 있었다.

  사람을 좀먹게 만드는 것은 희망인가 아니면 불행인가. 희망을 꿈꾸었기에 절망을 알게 되는 것인가. 희망을 가슴속에 품었기에 불행의 씨앗이 움트게 만드는 계기가 되었을까. 남과의 비교는 불행의 싹을 틔우기 위한 양분의 역할이었을까. 우리는 희망을 볼 수 없기에 정신이 피폐해져 가는 것인가. 아니면 때때로 비친 희망 때문에 불행이라는 그림자가 짙어지는 것인가. 사람을 좀먹게 만드는 것은 도대체 무엇인가. 그 대답은 광활한 바다가 알려줄까 아니면 안식처를 찾아가는 철새가 알려주려나. 답이 없는 것들이 늘 따라다닌 것은 인간이 태어나면서 겪어야 하는 숙명 같은 것인가.

희망을 품으며 불행을 견디는 힘을 키울 것인가. 아니면 불행을 곁에 두고선 순응하면서 살아가야 하는 것인가. 무엇이든 본인이 선택하는 것이겠지만 가장 중요한 것은 그 무엇도 아닌 온전히 자신을 믿는 것이 아닐까. 결국은 자신의 의지대로 살아가는 삶. 어떤 것이 진리일지는 모르겠지만 그 누구도 단칼로 베어내듯 단정 지을 수 없는 것이 각자의 삶일 테니 오히려 아무 생각 없이 그저 살아가는 사람들이야말로 멋들어지게 자신의 삶을 잘 살아가고 있는 것이 아닐까. 무수한 말들과 주변의 소음으로 정신을 못 차릴 때가 있다. 그럴 때면 그냥 가는 것이다. 그냥 살아가는 것이다. 그러다 보면 이것이 희망이었는지 불행이었는지 결국엔 열매를 맺게 되는 것이다. 너무 두려워하지 마라. 인간에게 주어진 삶은 유한하다. 10년, 20년, 30년, 40년, 50년 무한정 길어 보이지만 결코 무한하지 않다. 우리는 늘 죽음을 망각하지만 언제 어디서나 죽음이 우리 곁을 맴도는 것처럼.

우리는 이립, 홀로 설 필요가 있다. 생이라는 길이 자신에게 어떻게 다가올지는 모르지만 그럼에도 우리는 그 길을 지나쳐야 한다. 시간은 그러므로 약이다. 시간이 지나면 결국은 그 길을 지나게 될 테니깐, 물론 그 길을 지나가는 데에 있어서 얼마나 많은 시간이 걸리는지 모른다. 방황하거나 도태되거나 섣불리 성공을 맞이할 수 있다. 결국, 큰 틀에서 보면 우리가 해야 하는 것은 나아가는 것이다. 그러니 울지 말아라. 지금, 이 순간이 아프고 쓰라릴지라도 결국은 길을 걸어야 한다. 그런 길을 걷는 사람들이 무수히 많다는 것을 잊지 말아라.

최악의 순간은 항상 겹겹이 따라온다.

시간은 그러므로 약이다.

시간이 지나면 결국은 그 길을 지나게 될 테니깐,

그러니 울지 말아라.

54

사랑에도
나이가 있을까

몇 번의 사랑 끝에 사랑도 나이가 들어간다.

늙어버린 사랑은 기력이 쇠하여 새로운 사랑 앞에서 늘 조심스러웠다.

사랑 앞에서는 왜 그 사람을 사랑하면 안 되는지에 대해 줄지어 놓으며 마음을 늘 속여왔다.

우유부단했던 것은 늙어버린 탓일까, 아니면 옛사랑이 남긴 세월의 흔적 때문이었을까.

사랑이 늙어간다는 것은 비로소 사랑의 깊이를 알게 되었다는 것인지.

아니면 사랑을 감당할 수 없는 존재가 되어 이제는 시작조차 두렵게 만드는 것인지.

아직도 그 답을 알지 못한 채 또다시 망설이며 한 발자국 물러서고 있다.

만약 끌리는 이유를 자세히 알았다면 그랬다면 네게 다가섰을까.

너와 닮은 사람을 또다시 만난다면 그때는 다가설 수 있을까.

'그렇다 해도 그 사람은 네가 아닌 것을.'

55.
우리가
잠깐 빌렸던 마음

어느 날 나는 부쩍 바빠졌었고 소중한 것을 내버려뒀다. 다시 정신이 차렸을 땐, 내가 많이 울고 있었다. 하지만 그 순간은 이미 모든 것이 늦은 순간이었다. 끝내 떠나버린 사람에 대해서 잊으려고 했고 혼자 끝이라고 단정 지으며 붙잡기보다는 우리의 관계에 대해서 마침표를 찍는 것에만 주안을 뒀었다. 그랬던 까닭에 요즘은 마음이 끓듯 당신을 찾고 있다. 이 마음은 모든 것을 태울 만큼 강렬하다. 이렇게도 당신이라는 존재를 참아내지도 못하면서 지금까지 무엇을 참아내려고 했었는지, 시간이 앞으로만 흐르는 것이 슬퍼졌다.

우리의 계절이 닿았던 바람이 스쳐오면 잠시 머리를 헤집고 간 듯 당분간은 조용히 시간을 보낸 적이 있었다. 우리가 헤어진 지 꽤 시간이 지났음에도 헤어지고 꽤 많은 연애를 했음에도 여전히 잊히지 않는 사람은 내가 잘 지내고 있는지 안부를 묻듯 한 번씩 다녀가곤 했는데 이것이 여간 괴로운 일이 아닐 수가 없었다. 도대체 언제까지 안부를 물을 요양인지 좀처럼 사라지지 않는 기억들은 나를 계속 과거에 머무르게 하여 다른 사랑을 찾아가지 못하게 만들기도 했으며 때론 미화된 추억에 유린당하듯 애타게 당신을 그리워하며 방황하게 만들었다. 이제는 우리의 마지막이 어땠는지 그때의 기억을 떠올리려 해도 희미해질 만큼 시간이 지났지만, 우리의 마지막이 아팠다는 감정만은 고스란히 남아 있다. 왜 아파했는지, 우리의 사랑이 왜 아픔으로 다다랐는지는 모르겠지만 아직까지 그때의 시간에 사로잡혀 있는 것을 보니 젊은 날의 우리 사랑이 아름다웠다는 사실만은 확실한 것 같다. 우리가 끝을 향해 가고 있을 때 나눠 가졌던 그 감정은 그 누구의 잘못도 아니라는 것을 이제는 알고 있다. 다만 작별 인사 한번 제대로 못했던 우리의 끝이라서 조금은 아쉬움이 남는다. 어느 날 사랑에 아파했던 순간은 젊은 날의 사랑이 되었고 돌아가지 못하는 사랑이 되었다. 지금은 우리가 떠나버린 자리에 추억이 남겨져 울겠지만 언젠가 한번 추억을 꺼내보는 날이 온다면 추억도 못난 우리를 보며 웃어주는 날이 오지 않을까 싶다.

시간은 결국 약이었다. 사랑에 있어서도 이별에 있어서도 모든 것은 시간이란 존재 앞에서는 무색해졌다. 당신과 시답지 않은 일상을 나누며 보통의 하루를 보냈던 날들이 이제는 특별함이 되어 과거에 귀속된다. 당신과 함께했던 서로의 삶이 되는 사랑은 이제는 영원 속에서 잠들 것이다. 그때의 우리가 사랑했던 마음도 마음을 잠깐 빌린 것처럼 다른 사랑으로 채워져 갈 것이다.

'언젠가 우리는 사랑을 하나씩 쌓아 올렸다. 쌓아 올렸던 추억이 헤아리기 힘들 만큼 깊어졌을 때 되레 위태로워졌다. 어느 순간에는 권태라는 감정 앞에서 쌓기보다는 이전에 쌓아 올린 사랑에 흠집을 내기 시작했다. 어느 날 늘 당연하다고 생각했던 하나가, 의지할 수 있었던 그 하나가 빠져나갔을 때는 모든 것이 무너져 내렸다. 그 하나가 네가 아니었다면.'

56

삶의 궤적은
생각보다 단순할지도

살아가다 보면 인생이 뜻한 대로 흘러가지 않을 때가 있다. 예고 없이 쏟아지는 빗방울처럼. 비를 맞기 전에는 우산을 찾거나 빗속으로 뛰어들지 말지를 수없이 고민한다. 그러나 막상 비를 맞으면 언제 그랬냐는 듯이 걱정은 어느새 과거의 한 부분에 지나지 않게 된다. 2024년 9월 여름의 끝자락에서, 그렇게 나는 상실감을 온몸으로 받아들였다. 그날은 유난히도 운수가 좋았던 날이었던 것 같은데 끝은 그다지 아름답지 않았다.

사건의 계기는 이사를 하기 전날 밤으로 거슬러 올라간다. 이제 서울에서의 생활을 마무리하는 의미로 친구들과 서울의 밤을 눈에 담고 싶었다. 그래서 내가 먼저 야경을 보자는 제안을 했지만, 막상 친구들과 만났을 때 나를 포함해서 그 누구도 야경을 보기 위해 등산을 원하는 사람이 없었다. 그래서 우리는 야경을 보기보다는 가볍게 배드민턴을 치고 저녁밥을 먹고 헤어지기로 했다. 한참 배드민턴을 치던 중 친구 한 녀석이 제자리멀리뛰기를 저녁밥 내기로 제안했다. 나는 자신이 있던 터라 흔쾌히 수락했고 그 결과는 시간을 되돌리고 싶을 만큼 아찔했다. 당시 나는 제대로 된 신발이 아니었고 바닥이 미끄러운 소재로 되어 있었기에 제자리멀리뛰기를 한 직후 착지와 동시에 무릎에서 '우두득' 소리가 났다. 그리고 그 자리에서 무릎을 부여잡고 쓰러졌다. 체감상 5분의 시간을 누워 있었던 것으로 기억한다. 온몸에는 식은땀이 비 오듯 쏟아지고 있었으며 정신이 돌아왔을 때는 '아 이것은 수술해야 한다.'라는 직감과 과거에 다쳤던 기억이 고스란히 떠오르며 현재 상황과 오마주가 되었다.

호흡이 돌아왔을 때 친구들이 걱정하는 모습이 눈에 들어왔다. 친구들의 모습에 괜스레 아픈 척을 하지 말아야겠다는 생각이 스쳤고 최대한 의연하게 또 익살스럽게 웃으며 가볍게 괜찮다고 말했다. 그리고는 이 자리를 얼른 떠야겠다는 생각을 했다. 더 머무르다가는 내 감정이 들통날 것 같았고 심각한 상황을 친구들에게 보여주고 싶지 않았기 때문에 급하게 친구들과 작별 인사를 나누었다. 집으로 돌아와서 현재 마주한 상황이 꿈이기를 기도했다. 그리고는 후회와 한탄이 섞인 말로 만약에, 만약 그렇게 하지 않았다면, '만약'이라는 단어와 무한한 싸움을 하며 현실을 부정하고 있었다. 오만과 객기를 부르지 않았다면 어땠을까. 그랬다면 결과가 조금 나아졌을까. 앞으로의 삶에 대해서 계획이 틀어졌다는 것에서 오는 스트레스를 받기 시작했다. 그중에서 제일 걱정되는 것은 역시나 '돈'이라는 존재였다. 내 삶에 이렇게나 중요한 자리를 꿰차고 있다는 것에 새삼스레 놀랐다. 누군가는 돈보다 몸이 더 중요하다고는 이야기하지만, 그 말이 무슨 말인지 알면서도 받아들이기는 쉽지가 않았다. 앞으로 다달이 나가는 월세와 공과금, 생활비 등 지금까지 열심히 모았던 돈이 사라질 것만 같은 기분이 들어서 참을 수가 없었다. 더욱이 미치게 만드는 것은 수술함으로써 소방관으로서 임무 수행이 늦어질 수 있다는 것에 극심한 스트레스와 통증으로 밤을 지새웠다.

다음 날 병원에서 MRI 촬영을 한 결과 예상대로 십자 인대 파열과 연골이 찢어졌다는 소견을 받았다. 심지어 과거 7년 전에 다친 곳을 똑같이 다쳤다. 다시 수술해야 한다는 의사의 말에 갑자기 눈시울이 붉어졌다. 진료를 보기 전에 이미 예상은 하고 있던 결과였음에도 혹시나 하는 희망과 기대감 때문이었을까. 수술해야 한다는 의사의 말에 과거에 겪었던 힘든 시기를 또 겪어야 한다는 것에 대해서 받아들이기는 결코 쉽지가 않았다. 과거에 수술했을 때 1년간 제대로 걷지도 못했었고 '앞으로 좋아하는 운동을 다시 할 수 있을까?'라는 불확실함과 매일 싸웠던 기억이 있었기 때문이다. 그때는 몰랐지만, 그것이 우울증이었다는 것을 시간이 지나고 나서야 알았다. 수술 날짜를 잡고 집으로 돌아가는 길에 차 안에서 조용히 울었다. 참았던 눈물이 터지고야 말았다. 한동안 떨어지는 눈물을 붙잡지 않았다. 그렇게 눈물을 보내주고 나서야 현실을 직면할 수 있는 힘이 생겼다.

"그래, 어차피 한 번 가봤던 길이다. 쉽지 않은 길이지만 과거에 해냈다는 사실은 변함없기에 이번에도 잘 해낼 것이라고 믿어 의심치 않는다. 너무 복잡하게 생각하지 말자. 삶의 궤적은 우리가 생각하는 것보다 단순할지도 모른다. 그러니 너무 걱정하지 말고 당장 눈앞에 보이는 것부터 하자.

스러지던 꿈, 좌절한 시간들이 모여 그것들이 밤하늘의 별이 되고 예기치 않는 순간에 하나의 선을 그을 때,

유성우에 소원을 빌듯 그 속에서 우리는 아주 희미하지만 '희망'을 보게 되는 것처럼 말이다."

57.
완벽함 속에서
여전히
불완전한 존재였다

여름이 끝났다는 소식을 전해주려 하늘에서는 비가 추적추적 내렸다. 무더웠던 날씨는 언제 그랬냐는 듯이 선선해지고 우리가 그렇게 고대하던 가을이 성큼 다가왔다. 세상은 한층 고요해졌고 바람이 한결 부드러워졌지만, 현실은 휠체어에 앉아 불어오는 바람이 가져다준 선선함을 느끼는 것이 전부였다. 휠체어에 앉아 있는 이유는 최근에 무릎 수술을 했기 때문이다. 수술이 끝난 직후 마취가 풀리면서 이것이 진정 사람이 느낄 수 있는 고통인가 하는 의아함이 들었다. 무릎으로 유명한 커뮤니티에서 이런 글을 본 적이 있다. "출산보다 무릎 수술이 더 아프고 힘들었다." 저 글이 공감되듯 나 또한 7년 전에 동일한 수술을 했음에도 이 통증에 대해서는 전혀 익숙해지지 않았다. 다행히도 수술 후 3일이 지난 시점부터 통증의 강도는 완만해졌고 이렇게 갑갑한 병실에서 벗어나 바깥바람을 쐴 수 있다는 것만으로도 만족했다. 마치 계절이 변하듯 통증도 그렇게 지나가고 있었다.

얼마 전까지만 해도 수액 주머니와 영양제를 주렁주렁 매단 채 휠체어를 끌고 다녔는데 최근에 회복이 좋아져서인지 수액 주머니가 사라진 것만으로도 몸을 움직이는 데 있어서 한결 편해졌다. 그리고 휠체어에서 벗어나 목발을 짚으며 조금 더 자유롭게 움직일 수 있게 되었고 목발이 익숙해질 때쯤 얼른 걷고 싶다는 생각이 지배했다. 이런 것을 보면 사람의 욕심이란 끝이 없는 것 같다는 생각이 들었다. 최근에는 머리를 감았다. 아직 머리를 감는 것이 혼자 할 수 없는 일이다 보니 간병인의 도움으로 머리를 감을 수 있었다. 기름졌던 머리카락과 간지러웠던 두피가 조금은 치료받은 것 같다. 옷이 젖은 김에 환자복도 새것으로 갈아입었다. 그동안 찌들었던 땀 자국과 옷에 묻어 있던 수술의 흔적들을 말끔하게 갈아치웠다. 이렇게 사소한 것만으로도 기분이 좋아졌다.

요즘 일상은 아침에 일어나 재활 운동을 하고 오후에 물리치료를 받는 따분한 일상이다. 그 일상 속에서 시간을 보내는 방법은 목발을 짚고 밖으로 나가 사람들이 지나가는 모습들을 엿보는 일이다. 그것만으로도 살아 있음을 느끼게 해주었다. 고개를 들어보니 '맑음'이라는 단어와 가장 어울리는 하늘이었다. 아, 그러고 보니 7년 전 무릎을 다쳤을 때도 지금의 병원에서 수술했었다. 그때 봤던 몇 명의 직원들은 그대로 남아 아직까지 일을 하고 계셨다. 7년이라는 짧지 않은 시간 속에서 여전한 것도 있었지만 대체로 많은 것들이 변했다고 느껴졌다. 과거에 수술했을 당시 지금과 달리 내 옆에는 누군가가 있었다. 당시 교제 중이던 사람은 직장과 집이 병원과 멀어도 힘든 발걸음을 뒤로한 채 나를 보러 와줬던 사람이었다. 그러다 한 번씩은 내가 좋아하는 것들을 양손에 두둑이 챙겨 본인이 없는 시간 동안 먹을 일용한 양식들도 놔두고 갔었다. 어느 날은 나에게 냄새가 난다면서 머리도 감겨주고 세수도 해주었다. 그러다 수염이 덕지덕지 자란 날에는 예리한 면도칼을 들며 웃으면서 어설프게 면도도 해주었다. 또 일에 지쳤는지 아니면 전날 밤늦게 잤는지 나의 침대를 뺏어 코를 골며 곯아떨어진 적도 있었으며 나는 그 모습을 휠체어에 앉아 한참을 사랑스러운 눈빛으로 바라보았다. 그리고 결혼을 하게 된다면 그녀와 하고 싶다는 생각이 강렬히 자리 잡았었다.

시간이 지나 그녀 덕분에 회복이 빨랐는지 목발 없이 걷기 시작했었다. 물론 쩔뚝거리기는 했지만, 누군가의 도움 없이 걸을 수 있게 되었을 무렵, 그녀와 헤어졌다. 우리가 헤어지던 날, 나는 그녀를 보자마자 알 수 있었다. 말하지 않아도 알 것만 같은 분위기, 아직도 잊히지 않는 흔들리던 그녀의 두 눈동자. 그녀가 나에게 이별을 말하려고 한다는 것을 직감했었다. 그렇게 내가 걸을 수 있을 때 내 옆을 지켜주던 그녀는 나에게서부터 떠나갔었다. 과거의 기억들이 떠오르는 이유는 무엇 때문이었는지 모르겠다. 7년이라는 시간이 흘렀음에도 여전히 잘 모르겠다. 왜 그때 그녀가 나에게 이별을 고했는지. 내가 바라봤던 그때의 흔들리던 눈동자는 진심이었는지. 흔들리던 것이 눈동자가 아니라 처음 우리가 만났을 때처럼 떨리는 설렘이었으면 어땠을까…. 그럼에도 시간이 가져다준 선물 덕분인지 그녀에 대한 기억이 미화되어 좋았던 추억만 남겨졌다.

시월의 날씨는 꽤 근사했다. 바닥을 적실 만큼의 비와 적당히 불어오는 바람과 따사로운 햇볕 아래 어우러져 단풍이 흐드러지게 피었다. 완벽한 순간들은 나를 물들였고 그 완벽함 속에서 나는 여전히 불완전한 존재였다.

58.
봄의 애연

봄이 오는 소식이 여기저기서 들려와요.
처마 밑 고드름도 물방울이 되어 뚝뚝 떨어지는 것을 보니
조만간 봄비가 내릴까 봐요.

봄의 계절이 왔는데 당신에게도 봄이 왔나요.
세상은 벚꽃으로 물들었는데
당신 앞에는 겨울에 핀 국화만이 반기네요.

사진 속 웃음꽃을 피운 당신의 미소 앞에서
왠지 모를 눈물이 만개하여 흩날리네요.

따스한 봄을 사랑했던 당신, 거기에도 봄이 왔을까요?

− 하늘에 계신 사랑했던 당신에게 −

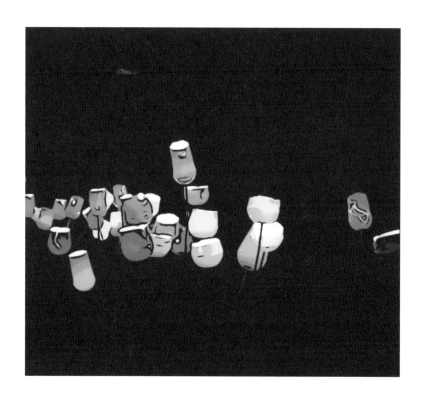

59.
의지는 자유보다
속박을 더 원할지도

　고즈넉한 산속에 유명한 사찰이 하나 있었다. 거기 법당에는 나이가 지긋이 드신 주지 스님이 계셨는데 신통력이 뛰어났다고 한다. 우리 엄마는 절에 다니면서 자식들을 위해 공양을 올리며 주지 스님과 연이 닿게 되어 이런저런 이야기를 자주 나누셨다. 그러다 어느 날 주지 스님께서 나에 대한 사주를 보고서는 '인오'라는 법명을 하나 지어주셨다. 주지 스님은 얼굴 한 번 보지 않은 나에게 이렇게 법명을 지어주시다니 소문난 대로 신통력이 뛰어난 것인지 여하튼 '인오'라는 법명이 나하고 딱 어울리는 법명이라고 말씀하셨다. 법명을 해석하자면 '참을 인'에 '깨달을 오'를 사용한다. 그때 엄마에게 법명을 전해 들을 당시에는 나이가 어릴 때라 법명이 내포하고 있는 참된 의미는 알지 못했지만 해석한 풀이로 보자면 참으로 오만하고도 거만한 게 무척이나 마음에 들었다.

　그랬던 까닭일까. 사람은 이름처럼 살아간다고 하는데 나는 법명처럼 살아가고 있었다. 무엇을 인내해야 하는지 그리고 무엇을 깨달아야 하는지도 모른 채 말이다. 그러고 보면 나이는 많이 먹지는 않았지만, 지

196

금까지 살아오면서 참으로 많이 인내했던 것 같다. 처음 회사에 들어갔을 때 누군가는 주변 동료로부터 쉬이 인정받으며 그다지 노력하지 않아도 승승장구하는 반면에 나는 늘 전임자가 똥 싸놓은 문제들이 기다렸다는 듯이 내가 부임하면 수면 위로 떠올라 마치 내가 잘못한 것처럼 문제를 일으키며 순탄하지 않은 회사 생활을 했었다. 이것은 어떤 부서를 가든 아니면 다른 지점으로 옮기든 항상 따라다니는 기본값이 되었다. 그러다 보니 나는 자연스레 일복이 많은 사람 또는 노력은 하는데 운이 안 따라주는 사람으로 성장하고 있었다. 지나고 나서 돌이켜보면 스물에 나는 법명처럼 인내의 시간을 항상 지니고 다녔어야만 했던 사람이었다. 도대체 무엇을 깨닫기 위해서 인내해야 하는지도 모른 채 말이다. 서른이 다가오기 전에는 이렇게 험난한 길을 가야만 하는 것이 정해진 수순인 것을 깨달은 시기였다.

어느 날은 회사를 들어가는 문 앞에서 망설여진 적이 있었다. 정확히 말하자면 몇 달째 마음속에서 피어오른 이 의구심이 회사로 들어가기를 막아서고 있었다. 이것이 운명의 굴레에서 벗어나기 위한 몸짓인지 아니면 정말 깨닫기 위한 초석인지 정확히는 몰랐으나 이러한 행동들로 인해 잠도 곤히 들지 못하는 지경까지 달했다. 불면증은 그때 당시 생겨서 아직까지도 고생하고 있는 중이다. 한 번 생긴 의구심은 칼로 난자하듯이 온 마음에 생채기를 내기 시작했다. 그 무렵 10년을 다닌 회사에서 나의 위치는 동기와 선배들 사이에서 특출난 인재로 성장해 있을 때였다. 그러나 그것들이 가져다주는 것은 허황된 것들이라고 느꼈다. 10년이면 강산도 변하고 사주 풀이에서의 10간도 변하는 것처럼 무언가 어긋나기 시작한 시기였다. 어긋났던 것과 종잡을 수 없었던 마음이 합을 이루었을 때 이것이 지금껏 인내해 왔던 깨달음인 것 같았다. 그렇게 나는 회사를 등지고 나와 자유의 몸이 되었다.

　자유를 만끽했을 때 느꼈던 심정은 황홀함이었다. 그러나 그것은 오래가지는 못했다. 오히려 찾아오는 것은 자유라는 감투를 쓴 채 다가온 게으름이었다. 어느 순간에는 도태되어 가는 나를 거울에서 마주 보게 되었다. 가히 충격적이었다. 불면증이라는 핑계로 밤낮이 바뀌고 출근을 하지 않으니 용모는 거지와 다를 바가 없었다. 이렇게 거울에 비친 내 모습을 보니 혐오와 동시에 참을 수 없는 분노가 출렁거렸다. 그 순간 바로 수염을 밀었다. 나아가 좀먹었던 모든 것을 바꾸려고 했으나 오랫동안, 이 자유라는 이름이라는 단어로 나태했던 순간들을 단칼에 끊어내는 것은 말처럼 쉽지가 않았다. 아무런 제약 없이 자유라는 이름 아래에서 살아갈 때 처음 느낀 것은 분명 편안함이었지만 어느 순간 이것은 안락사와 다를 바가 없었다. 죽어간다는 것이 바로 이런 기분일까. 나는 분명 살아 있지만 분명 죽어가고 있었다. 모든 것이 어긋나듯 또 한 번 뒤틀리고 있었다.

자유는 더 이상 자유가 아니었다. 이번에는 예전과 달리 인내했던 시간의 깨달음이 아니라 방탕하게 살았던 시간에 대한 깨달음에 가까웠다. 나를 속박하는 모든 것에서 벗어났을 때, 나는 비로소 무언가를 할 수 있을 것이라 믿었지만, 정작 자유를 얻으니 방향을 잃었다. 자유를 추구해 보니 이것은 자유가 아니었다. 나는 동물원의 동물처럼 무언가에 존속되어 또는 사람이 살아가는 규율이라는 틀, 책임이라는 무게, 사회라는 경쟁에 속박되어 있을 때 편안함을 가지는 사람이란 것을 깨달았다. 자유롭다면 그리고 의지가 있다면 무엇인가 다 해낼 수 있다고 생각했던 것은 오만이었고 자유보다는 속박 아래에서 의지를 구속하는 것이 더 낫다고 깨달았다. 서른 중반이 지나는 이 시점에서, 의지는 자유보다는 속박 아래에서 더 힘을 발휘한다는 것을 느낀다. 그리고 이것은 우리가 살아가는 인간이 지닌 저주이다. 이것은 절대 가질 수 없기에 우리는 끝없이 자유를 추구하며 헛된 망상처럼 추종하는 것일지도 모르겠다.

온전한 삶은 없겠지만

3부

완벽함 속에 불완전한 우리,
그럼에도 충분한

"숨통을 죄어오던 앞날에 대한 불안감과 자기 상실감이 마치 아무 일도 아니란 듯이 조용히 일어났다. 경쟁이라는 경주 속에서 청춘이라는 이름표를 달고 끝없이 방황하며 또다시 살아가겠지만, 온 마음을 다했기에 괜찮다."

4
부

오랜만에 만난 당신, 이토록 반가울 수가 있을까 싶다. 이름을 부르지도 않았는데 당신이라는 온기가 스며들듯 다가온다. 수많은 계절이 지나고, 시간이 우리의 흔적을 덮어버렸을지라도 당신은 나에게 있어서 여전히 변함없는 존재이다. 다만, 당신은 조금은 달라 보이는 듯하다. 그럼에도 나를 향한 눈빛과 미소는 예전과 다를 바 없이 따스하다. 오랜만에 만난 당신과 보낸 오늘은 하염없이 행복한 시간이었다. 무심코 손을 뻗으면 닿을 것 같았고 무심결에 숨을 들이쉬면 향기가 스며들듯 선명했다. 그러다 문득 깨달았다. 당신은 이제 나의 사람이 아니라는 것을. 얼마 전, 당신이 결혼했다는 소식을 들었다. 그런데 왜, 왜 다시 내 앞에 나타났을까.

아, 이건 꿈이다. 나는 스스로 만들어낸 환상 속에서 당신과 함께했던 아름다운 순간을 되새기고 있었다.

우리가 헤어진 직후, 그토록 꿈에서라도 만나고 싶었건만 그때는 아무리 애타게 불러도 오지 않던 당신이 왜 이제야 내게 찾아온 걸까. 지친 까닭이었을까. 나는 고단한 하루의 끝자락에서 가장 아름다웠던 시간을 꺼내어 스스로를 위로하고 싶었는지도 모르겠다.

이제는 괜찮다. 오랜 시간의 공백이 우리 사이에 놓인 거리만큼 당신을 희미하게 만들었다. 당신과의 추억은 이제 언제든 꺼내 볼 수 있는 하나의 이야기로 가슴 한구석에 아련히 자리 잡았다. 그리고 마지막으로 꿈에서라도 다시 한번 그리운 미소를 보여줘서 고맙다.

61.
감정의 표류

다들 안녕한가. 오늘도 세상은 아무렇지 않게 흘러가는가.

누구에게나 저마다 가슴 한구석에는 말하지 못한 사연 하나쯤은 간직한 채 살아간다.

그러한 사연 하나 즈음은 대수롭지 않다고 여기며 오늘 하루도 온전히 살아내고 있다.

이따금 알 수 없는 감정에 사로잡힐 때가 있다. 그것은 쌓이고 쌓여 어느 순간 형체를 갖춘다.

그리고 어느 날 불쑥, 설명할 수 없는 무게로 가슴을 짓누른다.

이 감정은 아마도 혼자서 감내해 왔던 순간들이 차곡차곡 쌓여 만든 결과물인지도 모르겠다.

그럼에도 이 감정을 지워보려 애써본다. 그러나 감정을 지우는 일은 늘 벅차다.

감정이 북받칠 때면 한 번쯤 누군가에게 기대어 지금 느끼는 이 감정을 꺼내어 보여주고 싶지만 애석하게도 이러한 감정을 나눌 이 하나 없다는 게 현실이다. 그러기에 온전히 혼자서 감당해야 할 몫이다.

그러고 보니 겨울은 늘 애매하다. 계절의 끝과 첫날이 공존하고 있으니 말이다.

마치 감정의 끝을 물고 늘어서서 새로운 시작을 꿈꾸는 것과 참으로 닮았으니 말이다.

언제쯤이면 당연하게 이 알 수 없는 감정들이 사라질 수 있을까.

다들 안녕한가. 오늘도 끝없는 방황 속에서 살아가고 있는가.

62.
우리가 잊어버렸던
사랑의 의미

사람을 믿는다는 것. 온전히 믿어준다는 것만으로도 이 세상에 더 큰 용기는 없다. 우리는 살아가면서 숱한 실패를 경험한다. 취업의 실패, 사업의 실패, 결혼의 실패, 모든 실패들 속에서 밑바닥을 드러내고 감정은 불완전한 상태로 놓인다. 하루에도 몇십 번씩 감정의 파도에 휩쓸리며 흔들린다. 이런 상황은 주변으로부터 조언이라는 이름을 단 말들을 듣게 되는 가장 좋은 시기가 된다. 하지만 그 조언이란 게 대개 위로가 되기보다는 날 선 칼이 되어 마음을 도려내거나 조언보다는 폭언에 가까울 때가 있다.

말을 할 때는 항상 조심해야 한다. 말에도 무게가 있다. 그 무게가 너무 무거워서도 아니 되고 그렇다고 가벼워서도 안 된다. 항상 중심이 잡혀 있어야 한다. 한번 내뱉은 말은 다시 주워 담을 수 없기에 말을 하기에 앞서 신중해야 할 필요성이 있다. 조언에 있어서도 마찬가지다. 조언할 때에는 과연 자신이 그 말을 할 자격이 있는지를 성찰해야 한다. 그리고 상대방이 처한 현실이나 현재 겪고 있는 심정을 헤아려야 하며 나아가 과연 자신의 말이 상대방에게 어떤 영향을 미칠 것인가에 대해서도 숙고해야 한다. 이렇듯 조언이라는 것은 함부로 해서는 안 되는 것이다. 때로는 조언이라는 말보다 침묵이, 논리보다 온기가 더 필요한지도 모른다.

반면에 믿음이라는 것은 말이 아니라 마음이 하는 것이다. 믿음을 주는 것에는 말로 주는 방법이 있겠지만 이는 마음을 말이라는 포장지에 감싸서 주는 것이다. 말이 아닌 눈빛, 행동, 은연중에 드러나는 뉘앙스나 느낌들로 믿음을 주는 것이다. 즉 믿음의 본질은 마음인 것이다. 요즘 사람들은 믿음이라는 것에 대해서 소홀해진 듯하다. 우리가 살아가는 사회는 어느새 남을 깎아내리고 질투하는 것이 당연한 듯 삭막한 공간이 된 듯하다. 이런 사회에서 자라난 우리라서 그런지 자기 자신을 믿어주는 일도 서툴다. 믿음이 사라진 세상에서 우리는 무엇을 의지하고 살아가야 할까 싶다.

우리가 잊어버린 믿음을 일깨워 줄 수 있는 일은 아주 간단하다. 바로 사랑을 하는 것이다. 사랑한다는 것은 마음을 주고받는 일이다. 사랑을 주는 일도, 사랑을 받는 일도 일방향이 아닌 양방향이다. 그렇기 때문에 황폐해진 세상에서 더욱이 사랑이 필요한지도 모른다. 사랑 앞에서는 그릇된 일도 용서가 되기도 한다. 살아오면서 부모님께 상처를 줬던 순간도, 학창 시절에 선생님께 반항했던 기억도, 사소한 일들로 연인에게 아픔을 줬던 날들도, 이 모든 것은 사랑 앞에서 티끌 같을지도 모른다. 이처럼 스승의 은혜, 부모님에 대한 효, 연인 간의 애정, 이런 단어들은 결국 사랑으로부터 파생된 단어일지도 모르겠다.

그러니 우리는 잊어버렸던 사랑의 의미를 다시 한번 더 일깨울 필요가 있다. 사랑이 없으면 믿음도 존재할 수 없듯이, 더 이상 사랑을 방치해서 잃어버려서는 아니 된다. 어쩌면 우리가 살아가는 세상은 사랑 없이는 살아가지 못하는 세상일지도 모르겠으며, 만약 그런 세상이라면 우리가 살아가기엔 지나치게 삭막하고 위태롭다. 그러니 사랑을 아끼지 말자. 비록 마음을 주는 것이 에너지가 소비되는 일일지라도 기꺼이 베풀어 살아가는 것도 삶에 있어서 중요한 의미가 있는 일이 아닐까 싶다. 이것이야말로 인간이 가질 수 있는 가장 큰 아름다움일 것이다.

63

가을의 함축된 의미

여름이 지나고 선선한 바람이 불어온다. 추분을 지나가면서 어느새 낮보다 밤의 길이가 길어진다. 어둠이 짙게 깔린 밤이라는 존재는 생각의 문고리를 열어젖혔다. 거기에 가을이 가져다준 고독함이 한술 더 떠 완연히 나를 돌아보게 만들었다.

가을의 거리를 걷다 보면 하루가 다르게 붉게 물들어가는 단풍잎을 보게 된다. 이는 마치 연인이 처음 사랑에 빠졌을 때와 같이 순식간에 불타오르는 사랑과도 참으로 닮았다. 그러나 가을은 언제 왔는지도 모르게 쉬이 지나가듯, 그렇게 금세 붉게 물들었던 단풍은 떨어진다.

한때의 아름다움을 간직했던 관계는 이것이 마지막인 듯 붉게 타올랐고 그렇게 우리는 낙엽이 되어 서로에게서 멀어져 간다. 그런 면에서 사랑은 영원함이 없는 찰나의 사랑에 불과하다. 그래서인지 가을의 함축적인 의미는 서로에게 붉게 물들었고, 마음은 쓰라렸는지도 모르겠다.

비록 사랑이 영원하지 않을지라도 우리는 또다시 사랑을 갈망한다. 떨어진 낙엽이 다시 흙으로 돌아가듯이, 지나간 사랑 또한 다시 내면 어딘가에 스며들어 우리를 단단하게 성장시킨다. 그렇기에 우리는 사랑이 영원하지 않음을 알면서도 기어코 사랑을 꿈꾸는지도 모르겠다.

가끔은 시골길에서 주렁주렁 열린 감나무를 보면서 가을의 계절을 되새기곤 했다. 그래, 혼자라는 고독의 계절 속에서 연애의 감은 홍시처럼, 때론 곶감처럼 누군가와 동행하기를 기다리며 마음 내면에서부터 무릇 익어가는 중이다. 단풍처럼 찰나 같은 사랑일지라도 한 번 더 붉게 타들어 갈 수만 있다면 앙상한 나무가 되어도 좋으니 다시 한번 진실로 사랑하고 싶은 가을이다.

64

지금쯤
어디를 지나고 있나

요즘 사람들은 기다림을 잘 모르는 듯합니다.

미련도 없이 너무 쉽게 마음을 저버리는 듯합니다.

올해는 잦은 흐린 날씨에 꽃봉오리가 더디었습니다.

그래서인지 예정보다 벚꽃이 조금 늦게 찾아왔습니다.

더디었던 만큼 더 많은 시간을 꽃피우기 위해 노력했던 마음을 아마 사람들은 모를 것입니다.

지난겨울은 행복하고 싶다는 생각 때문에 행복할 수 없었던 불확실했던 계절이었던 것 같습니다.

시리도록 아픈 계절을 지나 햇살이 비추면 찬란하게 피어날 것을 압니다.

그렇게 우리에게 봄의 소식을 전해주러 올 것을 압니다.

당신의 계절이 지금쯤 어디를 지나가고 있을는지 알 수 없지만 봄이 다가왔음을 염원합니다.

65.
삶을 살아가는 방식

처음 만나는 사람과 안면을 틀 때 이런 질문들을 많이 한다. "어디 사세요?", "나이는 어떻게 되세요?" 또는 "하시는 일이 어떻게 돼요?" 이러한 질문의 숨은 뜻을 보자면 사람과 사람과의 관계에서 연결 고리를 형성하기 위한 단순한 질문일 것이다. 수많은 질문 중에 유독 '하시는 일이 어떻게 되는가.'라는 질문에 대답을 사뭇 머뭇거리게 된다. 쉽게 말하자면 백수이며, 글을 적는 사람이니깐. 보통의 사람들이 살아가는 삶과 다르다 보니 예상치 못한 질문에 반응이 천지 차별이다.

"우와 글을 적는다고요? 어떤 글을 적어요?"라든지. "그런 일은 돈이 되나요?" 이렇게 사람들의 반응은 극명하게 나뉜다. 처음에는 말하기 부끄러웠던 일들이 이제는 무덤덤해지기도 한다. 처음에는 그런 반응들에 이런 고민을 한 적이 있다. "글을 적는다는 행위는 무엇일까?" 사람들은 글을 쓰는 행위를 특별한 무엇으로 바라보곤 한다. 마치 선택받은 사람들만이 할 수 있는 일처럼. 그러나 글을 쓰는 것은 음악을 작곡하는 것, 그림을 그리는 것과 별반 다르지 않다. 모두 하나의 창작이며 자기 자신을 표현하는 예술의 한 방식일 뿐이다.

　이러한 창작을 하는 사람들은 공통적으로 비슷한 감정을 느낀다는 생각이 들었다. '지금 하는 일이 과연 맞는 것일까에 대한 의문', '자신이 만든 작품에 대한 애착과 좌절감 사이에서 느끼는 감정' 그리고 '이 길이 맞는지에 대한 자기 자신에 대한 의문'. 생각해 보니 이러한 감정은 비단 창작자만의 것이 아니었다. 어쩌면 삶을 살아가는 모든 사람의 방식 중 하나이다. 사람들은 자신만의 방식대로 살아간다. 때로는 아무도 알아봐 주지 않지만, 자신을 꿈을 실현하기 위해 묵묵히 나아가기도 하고, 대중의 시선에 흔들려 자신의 색을 잃어버리기도 한다. 그러나 결국 중요한 것은 자기 자신을 믿고 나아가는 것이다. 물감이 번지듯 흔들릴 때도 있지만 그 흔들림조차도 자신을 채워가는 과정이 된다. 그렇게 우리는 자기 자신을 응원하며 나아가야 한다.

　문득 이 책이 완성된다면 누군가에게 보여주고 싶다는 생각이 들었다. 왜 그런 생각을 했는지는 모르겠다. 다만 그 사람은 왠지 이 책의 글을 좋아할 것만 같다는 생각이 들었다. 그리고 좋아했으면 하는 바람이다.

66

혼자 여행을 하면서
배운 것

10년간 몸담았던 직장에 과감히 사표를 던졌다. 오랜 시간 쌓아올린 일했던 시간과는 달리 동남아 여행의 시작은 배낭 하나, 그렇게 단출하게 시작했다. 첫 여행지는 태국 방콕. 당시 기분은 '어안이 벙벙했다.'가 가장 잘 어울리는 표현이었다. 직장을 다니면서 이유 없이 자유로워지고 싶다는 생각을 했었다. 행복하고 싶다는 생각에 행복하지 못했던 시간이었는데 그렇게 자유를 위한 첫 여행이 나란 존재를 아무도 모르는 낯선 곳에서 오히려 자유롭지 못하다는 기분이 들었다.

몇 날 며칠을 입에 단내가 나도록 말을 하지 않았다. 혼자 여행을 하면서 반겨주는 이 없고 말할 사람도 없는, 이런 게 자유라면 그만 집으로 돌아가고 싶었다. 나를 아는 곳에서, 친구들과 가족들이 반겨주는 곳에서 '지금까지 일하면서 많이 힘들었지? 고생 많았다.'라는 위안을 받고 싶었는지도 모르겠다.

더 못 버티겠다는 생각이 들었을 때 스스로 벽을 깨고 마음의 문을 열었다. 그러니 이제야 주변이 보이기 시작했다. 사람들이 살아가는 삶 속에서 사람 냄새가 물씬 느껴졌다. 늘 경쟁과 변화 속에서 살아남으려고 애썼는데 그래서 많이 잊고 살았던 웃음의 의미를 알게 되었다. 비록 언어는 통하지 않았지만, 비언어적 표현만으로도 행복의 의미를 일깨우기에는 충분했다. 행복은 멀리 있지 않았다. 행복을 추구하는 것에는 길이 없었다. 혼자 여행한다는 것은 어쩌면 스스로 행복을 찾는 일인지도 모르겠다.

나를 잘 알지 못하는 곳에서 가장 '나'다워지는 순간, 꼬이거나 꾸밈없이 진솔하게 사람들을 만나는 순간. 완벽한 행복이 있다면 자신이 좋아하는 것들로 채우며 나답게 행동하는 아름다움. 어딘가에 구애받지 않고 온전한 것. 가끔 고독함이 찾아와도 기꺼이 받아들이는 것. 언젠가 한 번 사랑한 순간들을 꺼내 볼 수 있는 것. 완벽하지 않아도 온 마음을 다했던 모든 날들.

　-태국, 라오스, 베트남 배낭여행 中-

67.
유난히 뜨거웠던
그 시절 여름

자연스럽게 오고 가는 계절에 당연함을 느낀다. 한때는 청춘이라는 뜨거운 시간 속에서 살았건만 어느새 그 의미가 희미해진다. 그 뜨거운 시간 속에서 우리가 느낀 불안과 고뇌가 아프고 아파했던 시간이었건만 이제는 진한 추억으로 자리 잡았다.

그러고 보니 유난히 뜨거웠던 그 시절 여름이 떠오른다. 대학교 졸업을 앞둔 시점에서 유한한 시간을 열정이라는 말로 아등바등 살아내던 때였다. 무엇을 위한 노력인지는 몰랐어도 그저 시간에 휘둘리며 살아가던 우리는 자기 자신을 찾기보다 세상의 속도에 맞추려 애썼다. 아무 것도 하지 않고 손을 놓고 멍하고 있자니 현실에서 낙오되는 것만 같았고 그렇게 아무런 의미가 없는 존재로 세상이 흘러가듯 그렇게 휩쓸려 갈 것만 같았을 때였다.

그 누구도 뚜렷한 목표나 확신을 가지고 살아가는 사람이 없던 그런 망망대해 위 작은 배 같았던 시절이었다. 그때에는 잠깐의 여유도, 어떠한 위로도 달갑지 않았었고 지루한 더위를 피하여 숨통을 죄어오던 앞날에 대한 불안감과 자기 상실감이 마치 아무 일도 아니란 듯이 조용히 일어나던 시절이었다.

그때에는 인생이라는 긴 여정을 걸어가는 우리에게 조금은 쉬어가자고 말하고 싶었지만 그런 순간에도 시간은 짧아서 매 순간 우리를 어디론가 이끌었다. 돌이켜 보니 시간은 고요히 흘러갔다. 그 시간 안에서 했던 일들은 역동적이었다. 그때의 고통과 불안은 우리를 더 깊은 존재로 만든 듯하다.

'유난히 더웠던 그 시절 여름, 뜨거웠던 여름을 숨 가쁘게 달렸던 우리들의 청춘 같은 시간이었다.'
청춘이라는 말, '만물이 푸른 봄철'이라는 의미처럼 우리에게도 봄처럼 청춘이 피어나는 날이 다가오기를.

68

병상일지:
아픔을 통해 알게 된 것

　사람과 사람 사이에 놓인 필연적인 거리는 우리를 자유롭게 만들기도 하고 또는 외롭게도 만든다. 혼자만의 공간을 침범하지 않는 것, 정서적인 거리감을 유지하는 것은 정형화된 사회에서 아주 중요한 요소이다. 그러나 이러한 혼자만의 시간이 길어질수록 그 고요함이 때로는 마음을 갉아먹고 마음속 빈자리가 깊어짐을 느낀다. 무엇이든지 한쪽으로 치우치기보다는 적당함이 중요하다는 것을 느끼는 요즘이다. 최근 무릎을 수술하고 나서 6주 동안 목발을 짚으며 생활했기에 밖으로 나가기보다는 방 안에서 생활을 해야만 했다. 거동의 제약으로 의도치 않게 방 안에서 생활하다 보니 사람을 만나고 싶다는 생각이 간절하게 들었으며, 그게 아니더라도 바깥바람을 쐬고 싶다는 생각이 절실했다. 예전 같았으면 어떠한 핑계를 대서라도 밖으로 나가지 않으려 노력했었다면 지금은 완전히 정반대의 상황이 되어버린 것이다. 어느 것 하나 혼자 한다는 것이 쉽지 않았던 탓일까? 혼자보다는 누군가와 함께한다는 의미가 삶에 있어서 중요한 부분을 차지한다는 것을 알게 해주었다.

　요즘은 매일 반복되는 일상 속에서 오는 당연한 것들에 대해서 되짚어 보고 있다. 사람들이 줄지어 버스를 기다리는 모습이나 사람들이 빼곡히 채워진 지하철 안의 모습, 전날 밤늦게 잠이 들었기에 피곤함을 내쫓기 위해 커피를 마시는 일, 업무나 인간관계로부터 스트레스를 받으며 얼굴을 찌푸리는 모습, 저녁에 소소하게 지인들과 만나 가벼운 수다를 떨며 하루를 마감하는 일, 누군가에게 있어서 이러한 당연한 일들이 그토록 염원해 오던 일상일 수도 있겠다는 생각이 들었다. 예를 들어 병원에 누워 있는 사람은 창가 너머로 느껴지는 계절의 향기 사이로 자유롭게 걸어 다니는 사람들이 부러울 것이다. 또는 갑작스레 직장으로부터 해고 통지를 받은 사람은 매일 아침 출근하기 위해 버스를 기다리는 사람들이 부러울 수도 있다. 이처럼 우리는 당연한 것들에 대해서 존재가 미약하여 평소에는 인식하지 못하고 지내는 것 같다. 한번 아파보니 당연하다고 생각했던 일들이 더 이상 당연하다고 여겨지지 않았을 때 그 소중함을 새삼스레 알게 되는 순간인 것 같다.

　또 한편으로는 욕구에 대한 참을성을 배우는 중이다. 무릎 수술이 끝난 직후에는 통증에서 벗어나고 싶었고, 통증에서 자유로워질 때는 휠체어보다는 목발로 자유롭게 움직이고 싶었다. 이제 목발이 익숙해지니 두 발을 딛고 자유롭게 걸어 다니고 싶었다. 이처럼 욕심이란 사람에게 있어서 태어날 때부터 가지고 있는 기질인 듯하다. 그래서 수행자들에게 있어서 채우는 것보다 비우는 것이 더 중요하다고 말하는 것을 어렴풋이 알 것만 같았다. 그럼에도 일반인이 우리가 욕심을 버리는 것이 얼마나 힘든 일인가 싶다. 그럼에도 비우는 일처럼 기다림이 가져다주는 힘이 있다는 것을 알고 있다. 무엇인가를 얻기 위해서는 인내의 시간이 반드시 필요하며 그 누구도 알아주지 않는 노력을 해야 한다는 사실이 기약 없는 기다림의 미학인 듯하다.

문득 후회 없는 삶을 살아야겠다고 생각했다. 언젠가 몸이 다 나으면 언제 그랬냐는 듯이 익숙함에 속아 일상생활에 연민을 느낄 때가 올 것이다. 그럼에도 부디 일상에서 느낄 수 있는 의미를 찾아 헤매었으면 좋겠다. 당연함 속에 감춰진 가치를, 인내한 시간의 숭고함을, 누군가와 함께한 하루의 의미를. 지금, 이 순간도 언젠가 미래에서 내다보았을 때 후회의 파편이 되지 않게 게을리 살지 않아야겠다고 다짐했다.

당연하다고 생각했던 일들이
더 이상 당연하다고 여겨지지 않았을 때 그 소중함을 새삼스레 알게 된다.

그러니 부디 당연함 속에 감춰진 일상의 의미와
누군가와 함께한 하루의 의미를 되새겼으면 한다.

69.
여름 하면
생각나는 것들

여름날, 비가 추적추적 내리던 어느 날 친구로부터 전화가 왔다.

"어쩐 일이야?"

"어쩐 일이긴 비도 오는데 파전에 막걸리 한잔하는 거 어때?"

"사람들은 꼭 비 오는 날이면 파전을 찾더라. 나는 파전보다 떡볶이가 더 좋은데 말이야."

"비 오는 날에는 무조건 파전에 막걸리지 무슨 떡볶이 말도 안 되는 소리야."

"난 떡볶이가 비 오는 날과 찰떡궁합이라고 생각하는데? 잘 들어 봐. 비가 몸에 닿으면 끈적끈적하잖아. 꾸덕꾸덕한 소스랑 떡과 어묵이 떨어지지 않는 게 참으로 여름비와 닮았다고 생각하거든."

"너도 참으로 별나다. 그렇다면 나는 여름 하면 이불이 아주 중요해."

"여름에 날도 더운데 이불이 왜 중요해?"

"그러니깐 더욱이 중요하지. 잘 봐. 장마철이 되면 꿉꿉하기도 하고 습도가 높아서 끈적거리잖아. 그러므로 살결에 닿는 이불이 중요한 거라고. 보드라운 촉감을 가진 이불을 둘둘 말아 덮고 침대에 누워 에어컨

226

바람을 맞으면 지상낙원이 따로 없단 말이야. 그리고 창밖에 비가 내리는 모습을 우두커니 바라보는 것만으로 막 기분이 좋아져. 톡톡톡. 빗방울이 어디엔가 부딪혀서 내는 소리. 비가 내리는 모습을 바라보고 있어도 비를 맞지 않아도 되는 이 모순적인 상황들!"

친구랑 시시콜콜한 이야기를 한바탕 하고선 여름에 대한 이미지를 한 움큼 떠올려 보았다.

누군가 희미하게 칠해 놓은 듯한 회색 물감 사이로 보일 듯 말 듯한 태양.

아스팔트 사이로 피어오른 열꽃. 미끄럼 타듯 등을 타고 흐르는 땀방울, 한입 베어 먹은 아이스크림.

바위틈 사이로 마찰을 일으키며 탄산수 같은 청량감을 뽐내는 계곡, 둥그러니 냉수마찰 하는 수박.

파도가 밀려오면 시원하게 목욕하는 모래 알갱이들, 수면 위로 도란도란 모인 윤슬 사이로 빛나는 눈부심.

이 모든 것들이 여름의 한가운데로 이끌었다. 햇살이 흐릿하게 깔리던 그날, 비가 내리는 소리, 바람이 스치며 다가온 냄새와 또 그 촉감, 이 여름이라는 계절이 남긴 흔적들. 이 여름이라는 계절이 지나고 나면 다시 다가올 여름을 기다리게 해줄 애틋함.

불완전한 속에 불완전한 우리, 그럼에도 충분한

70.
인생의 동반자를
만난다는 것

학창 시절 개근상을 놓쳐본 적이 없을 만큼 성실했었다. 이런 성실함이 사랑에도 적용이 되었다면 얼마나 좋았을까. 그랬다면 결혼을 하고서 자녀를 낳아 살과 살이 부대끼며 온기라는 것이 '아, 이런 것이구나.'라는 것을 알며 살아가고 있을 텐데 말이다. 그러나 나에게는 그런 일은 일어나지 않았다. 연애를 출석하듯 사랑을 하다가 그 사랑이 결실을 맺으며 결혼하는 주변의 사람들과는 달리, 나에게 있어서 사랑은 결근과도 같았다. 그렇게 사랑이라는 단어를 결근한 것처럼 마음속에 지워버린 지는 오래되었다. 그 기간만큼 사랑은 마음에 등장하지 않았다.

사랑을 잃어버린 것은 별것 아니라고 여겼는데, 나이를 먹어보니 결코 그렇지 않다는 것을 깨닫는다. 사랑은 살아가야 하는 이유가 되기도 했고 힘이 들 때 힘이 되어주기도 한다는 것과 사랑이 없으면 살아는 있지만 죽어간다는 감각을 돋게 만든다는 것을 알게 되었다. 사랑할 때에는 의미 없이 허투루 흘려보내는 것이 없을 만큼, 매 순간이 진심으로 사랑에 빠졌었다. 사랑이 절정에 다다랐을 때는 내면 깊숙한 곳으로부터 흘러넘치는 듯한 충만감에 사로잡혔었다. 그랬기에 모든 것을 헤쳐 나갈 수 있었는데, 사랑을 놓아버린 지 오래된 요즘은 마음이 푸석하다 못해 갈라져 버려서, 자그마한 변화에도 아리듯이 아파져 오기도 했고 별일 아닌 일에도 못 버텨내는 경우가 많아졌다. 분명 신체는 정상인데 마음은 비정상인 것처럼 하나씩 병들기 시작한 것이다. 현재 상태는 한마디로 말하자면 실애의 상태라고 할 수 있겠다. 사랑을 마음에서 지워버리니 몸이 못 견뎌 해 작은 생채기에도 아파져 오기 시작한 것이다. 마음의 면역력은 사랑에 의해서 발현되는데 사랑이 사라지니 현재 상태는 당연한 결과라고 볼 수 있다.

우리는 사랑에 대해 알면서도 잘 모르는 듯하다. 사랑할 때에는 사랑이 최고가 되기도 하고 사랑이 끝난 직후에는 사랑의 다른 이름인 이별 때문에 아파하기도 한다. 이것은 결국 사랑이었는데 만약 오랜 시간 동안 사랑 없이 살다 보면 사랑의 의미를 퇴색시켜 버리거나 더 이상 사랑을 잊어버리게 될 때면 삶의 의미까지도 잃어버릴 수가 있다. 그만큼 사랑이란 것은 중요하다는 것을 이제야 깨닫는다. 요 몇 년간 마음을 뒤숭숭하게 만든 것에 대한 해답은 찾은 듯하다. 연애를 초월해서 인생의 동반자를 찾고 싶었던 것이다. 지난 생을 돌이켜보면 어쩌면 나는 사랑을 갈구했다는 것을 이제야 깨닫는다. 지난날을 되새겨 보자면, 나는 승진이라는 목표를 향해 일에 몰두하며 거기서부터 오는 주변의 인정과 보상만으로도 충만감으로 가득했었는데 어느 순간부터 충만감보다는 공허함이 커지기 시작했다. 공허감이 어디서부터 왔는지 알 수가 없어서 오랜 시간을 방황했었다. 이러한 감정은 주변 친구들의 결혼식에 참석하거나 소셜미디어상에 올라오는 가정을 이룬 친구들의 사진들을 볼 때 증폭되었다. 결국에는 사랑 앞에서 모든 것은 한낱 티끌에 불과했고 나역시도 사랑 없이는 살아갈 수 없는 사람이란 것을 알게 되었다.

연애라는 것이 한때 구속이라고 생각했던 적이 있다. 어디를 가든 무엇을 하든, 아니면 때론 혼자 있고 싶은 날에도 사소한 것들 하나하나를 공유한다는 것 자체가 버겁게 느껴지기도 했으며, 그때는 구속보다는 좀 더 자유를 갈망했었다. 그때는 구속이라고 여겼던 것이 돌이켜보면 사랑의 또 다른 모습이었단 것을 이제는 안다. 아무리 주변에 친구가 많고 속마음까지 터놓을 친구가 있다고 하더라도 그것은 사랑보다 연속성이 떨어졌다. 반면에 사랑하는 사람과 함께 나누었던 시시콜콜한 이야기들은 삶을 지탱해 주는 보이지 않는 힘이었다. 사랑하는 사람과 사소한 것까지 공유하는 것, 그 누구보다도 자신의 속사정에 대해서 잘 아는 사람과 함께하는 것, 힘이 들 때나 즐거울 때 늘 곁에 있는 사람이 있다는 것, 이것은 그 무엇과도 바꿀 수 없는 행복이라고 생각한다. 결국은 사랑하는 사람과 함께하는 것만큼 삶에서 중요한 가치는 없는 것이다. 그러니 부단히 사랑하자. 생애 최고의 행복은 사랑한다는 것임을 잊지 말자. 사랑을 통해 우리는 삶을 완성하며, 사랑을 통해 우리는 스스로를 알게 된다. 사랑이 없으면 우리는 존재할 수 없으며, 사랑이 있을 때만 우리는 비로소 온전한 사람이 된다.

71.
시간과 흔적

7번 국도에는 아직 다 담지 못한 이야기가 하나 남아 있다.

해안 도로를 따라 목적지도 없이 그저 그렇게 상행을 했었을 때이다.

구불진 길 사이로 길게 펼쳐진 해안선은 목적지보다는 방향성을 알려주었다.

이른 더위에 찾은 해변, 그 작디작은 모래알을 성큼 밟으며 바다를 향에 뛰어들었다.

감싸오는 냉기가 낯설었지만 싫지만은 않았다. 마치 자유가 그러하듯이.

이 순간을 만끽하기 위해서는 잠시 현실과의 거리감만이 필요했을 뿐이다.

바닷바람을 맞으며 맥주를 한잔 마시는 것 또한 그것만의 의미가 있었다.

지금까지 보여주지 못한 마음을 잔잔히 파도치는 물결에 내비치고 싶은 마음과 미련 그리고 후회에 대해서 부서지는 파도에 함께 보내고픈 심정과 기약하지 못할 미래에 대해 의지하고 싶은 마음.

그리고 아름다웠던 청춘 하나로 마음껏 울어봤던 순간과 웃어보았던 날들에 대한 회상.

아직 끝을 보지 못한 7번 국도와의 여행은 여기서 그만두려 한다.

다시 내려가지 않을 것처럼 위로만 향했던 순간을 여기서 접어두려 한다.

경쟁이라는 경주 속에서 청춘이라는 이름표를 달고 끝없이 방황하며 또다시 살아가겠지만 부디 조금은 자유롭게, 부디 미소 띠기를, 부디 행복하기를.

72.
세상을 바라보는 눈

요즘 들어 부쩍 서울에 갈 일이 많아졌다. 조만간 정든 경기도를 떠나 지방으로 내려가야 할 때가 다가왔기 때문이다. 떠나기 전에 조금이라도 더 서울을 만끽하고 싶어서였을까? 추억이 담긴 장소들을 하나씩 찾아가고 있다. 이제 마지막인 것처럼 여기에서의 생활을 정리하듯이 평소에 자주 만나지 못했던 사람들까지 챙겨가며 약속을 잡았다. 그렇기에 달력에 약속들로 빼곡히 채워지고 있다.

경기도민으로서 서울을 갈 때 차를 이용하기보다는 지하철을 이용하는 것을 좋아하는 편이다. 물론 차를 타고 가면 주변 풍경도 볼 수 있다는 장점이 있겠지만 그것보다는 상습적인 정체 구간으로 인해서 오히려 여유를 수용할 수 있는 여력이 사라지기에 주변 풍경을 바라보는 일보다는 스트레스와 싸우는 일이 생길 때가 많기 때문이다. 그렇기에 조금 몸이 고생할 수도 있겠지만 지하철을 타거나 광역버스를 선호하는 편이다. 대중교통을 이용하면 시간을 조금 더 자유롭게, 여유롭게 끌어안을 수 있기 때문이다. 또한, 못다 한 업무나 책을 읽고 휴대폰으로 시청도

할 수 있는 것도 큰 장점이다.

아 그러고 보니 예전에 친구가 했던 말이 떠오른다. "나는 이렇게 넋 놓으면서 사람 구경을 하는 게 재미가 있어. 어떤 표정을 짓는지 어떤 옷을 입는지. 어떤 대화를 하기에 저렇게 재미있을까. 저 사람은 무슨 생각을 저리도 골똘히 하기에 심각한 표정을 짓고 있는지. 저 사람은 휴대폰으로 무엇을 하고 있는 걸까. 어떤 음악을 듣고 있을까. 음악의 취향이 어떻게 될까. 이런저런 생각을 하다 보면 재미있기도 하고 시간도 빨리 지나가서 좋아. 제각기 다른 사람들이 이 좁은 공간에 모여서 각자 다른 생활 방식을 내비치는 모습이 아이러니하게도 그것만의 맛을 제공해 준다랄까. 어떻게 보면 서로 모르는 사람인데 멀리서 전체적으로 바라보면 그림의 패턴처럼 하나의 작품이 되는 것 같다랄까." 이 말이 지금 머릿속을 스쳐 지나가며, 나는 이제야 다른 사람들을 살펴보게 되었다.

이것은 근래에 대중교통을 이용하면서 적은 관찰 일지이다. 사람들이 휴대폰을 들여다보는 모습이 자주 눈에 들어온다. 각자 다른 얼굴을 하고 있지만 모두 똑같이 작은 화면을 쳐다보고 있다. 그 작은 화면 속에 각자 다른 세상이 펼쳐져 있다. 사람들의 눈빛은 고요하고 집중되어 있는데 마치 그 속에 어떤 중요한 무언가가 담겨 있는 듯 무언가를 찾으려 하는 것 같았다. 나는 그 모습을 보며 마치 사람들의 눈빛에서 어떤 깊은 탐색의 흔적을 느꼈고 또 한편으로 사람들이 왜 그렇게 화면에 몰두하는지 그 이유가 궁금해졌다. 어쩌면 사람들은 화면 속에서 자신만의 답을 찾고 있을지도 모르겠다는 생각이 들었다. 나아가 우리가 바라보는 화면 속 세상은 모두 다르지만, 각자가 그 속에서 무엇을 찾고 있는 것이 마치 각자의 삶에서 자신만의 의미를 찾고 있는 것과 비슷하다고 느껴졌다. 나는 그런 사람들을 바라보며 나 또한 나의 삶에 대해서 다시 한번 되돌아보게 되었다.

73

비 오는 날이
좋아진다면

어젯밤 뉴스에선 장마를 예고했다. 장마가 시작되었다는 것은 여름이 시작되었다는 것을 알려준다.

일기예보가 날씨를 맞힌 적은 많지 않지만 살아오면서 쌓인 기억들은 장마철의 주말엔 늘 비가 내렸던 것 같다.

토요일 아침. 역시나 어김없이 창가엔 빗방울이 맺혀 있다.

차츰 비는 거세지더니 거리의 사람들마저도 휩쓸고 간 듯하다.

비가 내리는 까닭에 밖으로 나갈 이유를 만들지 않아도 된다는 사실이 조금은 다행이다.

이렇게 별일 없이 주말을 보내는 일도 퍽이나 괜찮은 것 같다.

그러고 보니 언제부터인가 비가 내린다는 일기예보를 좋아하게 되었다.

손에 꽉 쥔 우산이 거추장스럽다는 것을 알면서도 출근길엔 괜히 비를 기다렸다.

비가 오는 날엔, 빗방울이 우산을 두드릴 때마다 토닥토닥하는 것 같았다.

그 소리가 위안이 되어서일까? 우산 아래에서, 일상에서 잃어버렸던 본연의 모습을 드러내게 된다.

우산 아래에서는 추한 모습을 보일지라도 전혀 부끄러워할 필요가 없다는 게, 알아볼 이가 없다는 게 다행이다.

그저 우산을 들고 남들과 같은 떨어지는 비 사이를 걸어가는 수많은 행인 중 한 명일 테니깐.

아 그러고 보니 가끔은 거창하게 쏟아져 내리는 굵디굵은 비를 하염없이 맞고 싶다고 생각한 적이 있다.

어릴 적에는 우산 없이 비를 맞으며 뭐가 그리도 좋았는지 깔깔거렸던 적이 있었는데 이제는 그런 감정들이 희미해졌다. 아니 잃어버린 줄도 모른 채 살아가는 듯하다.

이것은 나이가 들어감에 겪은 수많은 경험에서 비롯된 부산물이라 어디에 탓할 곳이 없다.

그래서 요즘 사람들은 낭만이라는 단어에 열광하며 찾는 것 같다.

어느 순간, 거세게 내리는 비를 보며 미친 사람처럼 그 속으로 뛰어들고 싶다는 생각이 떠올랐다.

그러고선 겹겹이 쌓여 있던 감정을 한 올 한 올 풀어헤치고서는 낭만에 젖어 해방의 의미를 새기고 싶었다.

74.
여유가
그리워질 때 즈음

한동안 일기예보에 비가 내린다는 소식이 도배되어 있었는데 어느새 장마가 끝나고 무더위가 한껏 올랐다. 햇살은 한층 뜨거워졌고, 습도를 머금은 공기에는 여름 특유의 냄새가 물씬 묻어났다. 이렇게 여름에 한 발짝 다가서는 중이다.

시간이 흐른 만큼 퇴사한 지도 꽤 많은 시간이 지났다. 다행히도 짧은 시간 내에 이직하면서 취업에 대한 걱정을 깔끔하게 매듭지었다. 다음 회사로 출근하기까지 몇 달이라는 시간이 남았다. 부쩍이나 시간이 많아진 요즘 어떻게 써야 할지 도저히 감이 잡히지 않는다. 퇴사하기 전에는 그렇게도 온전한 자신만의 시간을 갖고 싶었는데 막상 주어지니 어떻게 써야 할지 모르겠다. 돈도 써본 놈이 쓴다고 시간을 쓰는 방법을 모르는 사람에게 시간을 사용하라고 하니 도저히 어떻게 해야 할지 모르겠다. 이러한 시간을 사용하는 방법은 우선 침대 위에서 반나절을 보내는 일이다. 그렇게 시간을 죽임으로써 남은 시간을 그나마 적절히 사용할 수 있게 되었다. 아무것도 하지 않고 비생산적인 활동을 통해 시간을 죽이는 일은 달콤하면서 쓸쓸하기도 하다.

그러고 보니 지금의 상황이 더위에 못 이겨 정오가 될 무렵 가까스로 일어나기를 반복하던 학창 시절의 여름방학과도 닮아 있었다. 그때에는 이런 꿈 같은 시간이 영원하기를 소망했지만, 여름방학은 쏜살같이 지나갔었다. 그때에는 수박을 한입 베어 먹고 시원한 선풍기 바람을 맞으며 여름방학을 보내던 것이 행복한 시절이었는데 어느새 퇴근 후 시원한 맥주의 목 넘김을 더 좋아하고 선풍기보단 에어컨 바람을 즐기는 사람이 되었다는 게 무릇 어른이라는 단어에 한 발짝 다가서고 있다고 느껴졌다.

문득 아무것도 하지 않는 것에 대해서 이유 없는 죄책감에 사로잡힐 필요가 없다고 생각했다. 다시 일을 시작하게 된다면 못돼 먹은 습관에서 벗어나 정리되지 않은 무질서한 일상에 규율을 만들 것이고 나태함 속에 숨어 지내던 열정이라는 단어를 다시 찾아낼 것이다. 그런 날이 온다면 그때는 지금의 여유가 틀림없이 그리워질 것이다. 그러니 낭비할 수 있을 때 낭비하는 것도 지금 이 시기뿐이라서 굳이 스스로를 책망하지 않아야겠다.

75.
7월과 8월,
그 공백 사이에

흐리멍덩하게 형성된 구름과 꿉꿉한 냄새, 여름에만 느낄 수 있는 그 특유의 감성을 좋아한다. 비가 지나간 자리, 비가 머물렀던 흔적이 남은 거리엔 흙냄새와 풀 향이 진득하게 피어오르고 나는 어김없이 산책을 나선다. 그런 날이면 가로등 불빛을 따라 정처 없이 걷다 보면 어느새 불어오는 바람이 멈춰 있던 마음에 손을 내민다. 그러다 두서없는 생각이 한바탕 머리를 휘저으며 묻어두었던 욕심들이 되살아난다.

밤이 깊어져 갈수록 알 수 없는 감정들이 소리 없이 밀려와 잠이 달아난다. 맥주 한 캔을 들고선 머리를 환기할 겸 창문을 열었더니 그 틈 사이로 익숙한 느낌이 방 안을 채운다. 그 깊이를 알 수 없는 녀석은 금세 방 안을 가득 채우고선 알려준다. '그건 사랑이라고.'

여름은 유난히도 눈부셨고 사랑은 그리웠다. 맥주 한 캔에 마음을 달래고서는 휴대폰은 주머니에 넣어두었다. 혼자 남겨진 외로움보다 눈물로 보낸 밤보다 더 이상 사랑한다는 말을 들을 수 없는 밤인 게 슬퍼졌다. 7월과 8월, 그 공백 사이에 우리가 처음 만났던 7월은 웃었고 8월에 나는 울었다. 이 계절의 사랑은 여름 특유의 텁텁함처럼 개운하기보다는 아쉬움을 남겼다.

몇 번의 여름을 함께한 당신, 어느 날 가로등 불빛을 따라 걷다가 가지 끝에 피어난 꽃으로부터 내 표정이 드리운다면 기억해 주세요. 한때에 당신을 사랑했던 나를요.

76.
겨울밤의 염원

봄은 그리 길지 않았다. 여름은 무척이나 길었다. 가을은 한순간에 떨어졌다. 겨울의 끝자락은 보이지 않았다.

3월의 창밖은 겨울의 아쉬움을 반기듯 눈이 내리기 시작했다. 아마도 이번 겨울의 마지막 눈이 될 듯싶다. 이번 눈이 내리고 나면 겨울을 지나 봄이 반겨 올 것을 알고 있다. 봄을 맞이하기에 앞서 과연 봄을 맞이할 준비가 되었는지 스스로에게 되물어 본다. 그러고 보니 이번 겨울은 유난히도 특별했기에 겨울잠을 단단히 준비했었다. 그럼에도 봄을 반기기에는 턱없이 부족한 실력이었음을 겨울의 끝자락에서 실감했다. 노력이 부족했던 것인가. 만만하게 보았던 것일까. 아니면 많이 게을렀던 탓일까. 꿈을 위해서 준비했던 시간이 야속해지는 것만 같았다. 친구들은 걱정스러운 눈빛으로 '괜찮다고.', '힘내라고.' 말을 꺼내지만 '괜찮다는 말, 힘내라는 말' 그 무책임한 말이 무서워질 때가 있었다. 누구나 겪는 힘겨운 시간이겠지만, 언젠가 빛을 발하겠지마는 희망이라는 단어는 무책임하고도 가끔은 미웠다. 그럼에도 해야 할 일을 잘 알고 있다. 무너지는 것보다는 일어서야 하는 것을 잘 알고 있기에.

'밤하늘에 빛나는 별들 중에 이유 없이 빛나는 별은 없다.

지금 쏟아지는 별빛은 어제부터 반짝이던 별이 아니다.

수천수만 광년을 달리고 달려 오늘에서야 빛을 발한 것이다.

이 모든 과정은 오늘내일 하루아침에 결실이 맺어지는 게 아니다.

숱한 어려움을 뚫고 우리에게 다가왔고 가끔은 별똥별이 되어 바스락지며 떨어졌을지도 모른다.

그럼에도 밤하늘의 별은 우리에게 다가왔고 희망이라는 의미를 남겨두었다.

그렇기에 우리에게도 어느 날 어느 시기에 비춰줄 꿈이라는 매개체를 밤하늘에 힘껏 쏘아 올려본다.

지금의 노력이 언젠가 빛날 것을 염원하며.'

77.
마음속에 불쑥 찾아온
불길한 존재

누군가가 나에게 물었다. "왜 전역한 지가 오래됐는데도 아직까지 군번줄을 착용하고 있어요?" 그 질문에 "습관이 되어서요."라고 대답했던 기억이 있다. 그러고 보니 나란 사람은 왜 아직까지 군번줄을 착용하고 있었을까? 당시 그 질문에 대해서 한동안 곱씹어 생각했던 적이 있다. 그 생각 끝에 내린 결론은 아마도 아련함과 애틋함으로 물든 그 시절에 대한 기억과 그때 그 시절의 소중함, 그리고 함께했던 전우들과의 추억을 조금 더 간직하고 싶었는지도 모른다. 이렇듯 누구나 이러한 기억 하나쯤은 간직한 채 살아갈 것이다. 이러한 것들은 사람이라는 울타리가 만들어낸 추억이라 평생을 걸쳐서라도 잊히지 않는 우리에게 소중한 자산으로 기억 한편에 남겨질 것이다. 군번줄에 관한 이야기를 생각하다가 어쩌다 보니 이별이라는 주제까지 사고가 확장되었다. 이별을 쉬이하지 않는 사람, 그래서 쉬운 이별은 없었다. 어떤 사랑을 하든, 짧은 사랑이었든, 아니면 잠깐의 스쳐갔던 인연일지라도 시선이 머물렀던 모든 순간에 대해 기억한다.

낯선 해외에서 우연히 마주친 당신과 그때의 풍경 그리고 날씨, 습도마저도. 루프톱에서 칵테일 한잔에 취기가 오른 당신의 붉은 볼과 그때의 조명 채색마저도. 여행하면서 오래 걸은 탓에 지쳐버린 발바닥이 아렸을 때, 등에 닿았던 당신의 뺨마저도. 밤색의 코트 속에서 온기를 나눴던 그때의 체온과 코끝에 맴돌던 겨울의 시림까지도.

모든 시선이 머물렀던 순간은, 스쳐갔던 인연들은 각기 별개의 궤적이 되어 마음속에 하나의 획을 그었다. 그 선들이 뚜렷해서 이별은 늘 어려웠다. 그래서 사랑으로부터 도망치고 싶었다. 요즘 들어 마음에 불쑥 찾아오는 불길한 존재가 있다. 이 존재는 언젠가 마음속에 하나 선을 그을 것이다. 그 선은 뚜렷하고도 또 강렬할 것이며 그것만의 존재를 나타낼 것이다.

78.
비주류를 좋아합니다

나는 비주류를 좋아한다. 왜 좋아하냐고 물어본다면 정확히는 말할 수 없겠지만 소외된 것들에 대한 애정이라고 정의할 수 있겠다. 어쩌면 그것들은 사람들의 손길이 닿지 않은 순수하고 날것 그대로인 것들이기에 더 아름답다. 사람들은 늘 아름다움에 열광하지만 내가 사랑하는 것은 그 표면 뒤에 숨겨진 거칠고 미완성된 것들이었다. 그래서 이런 비주류에 한 번 빠져버리면 헤어 나올 방법이 없다. 이 비주류는 사람들, 아니 인간의 본성에 대해서 자극을 한다. 이것은 보편적인 기준에 대해서 초월하여 정말로 인간이라면 느낄 법한 감정인 질투, 시기, 고통, 사랑, 행복에 대한 각자의 정의를 내리고 있기 때문이다. 그래서 각자의 표현이 제각기이지만 그럼에도 그 본질은 다르지 않기에 매료되기에 충분하다. 그래서 나는 비주류에서 오는 불완전함 속에서 완전함을 느끼는지도 모르겠다.

하지만 가끔은 안타깝기도 하다. 너무 비주류인 나머지 수면 위로 떠오르는 일이 많지가 않다. 오히려 대중으로부터 관심을 받지 못해서 사라지는 일이 허다하다. 비주류의 음악을 하는 아티스트도 수도 없이 많이 보았고 그런 아티스트가 잘되기를 혼자서 응원도 많이 해보았지만 결국은 어느 순간 활동을 그만두는 아티스트들이 많아졌다는 것을 알게 되었다. 나 또한 지금 적어 내려가는 글도 마찬가지일지도 모른다. 어쩌면 사람들은 인간의 본성에 대해서 외면하고 싶었는지도 모르겠다는 생각이 들었다. 세상에는 밝은 면들에 대해서만 보여주고 싶은 것일까. 아니면 단순히 예쁘고 아름다운 것만을 추구하는 것이 내가 모르는 인간의 당연한 본성인지 여전히 모르겠다. SNS상에는 좋은 모습만이 기재된다. 이것은 당연한 인간의 본성일 것일까. 왜 우리는 좋은 모습들로 얼룩져 버린 SNS를 통해서 불행을 느끼는 걸까. 우리는 왜 남의 불행을 통해서 위로와 위안을 얻는 것일까. 나는 아직도 잘 모르겠다. 내가 사랑했던 비주류의 음악들이 왜 사라져 버렸는지, 때론 내가 사랑했던 비주류의 음악들이 왜 사람들에게 각광받았는지.

'나'라는 사람은 그대로인데 왜 무엇이 바뀌었기에 달라졌는지 여전히 몰라서 길을 헤매고 있는지도 모르겠다. 하루를 겨우 보내고 나면 무엇이 남는지도 모른 채 살아가고 있는 지금처럼 이것이 누군가에게 위로를 주는 순간이 오는 것인지, 아니면 소리 소문 없이 사라지는 연기일지도 모르겠지만 그럼에도 살아가고 있다. 영원을 꿈꾸지만, 영원한 것이 없다는 것을 이제는 알고 있지만 그럼에도 영원을 꿈꾼다. 모든 것으로부터 소외된 감정일지라도 그럼에도 이렇게 기록하고 남기며 글로 승화하고 있다. 언젠가 비주류가 주류를 이길 만큼 감정을 자극해 오는 날이 오기를 기대하며. 언젠가 나와 같이 비주류를 좋아하는 사람이 있을 거라고 분명히 믿는다. 그래서 나는 포기하지 않고 이렇게 글을 계속해서 적고 있다. 언젠가 나의 글이 세상에 떠올라 하나의 빛이 될 수 있기를. 상상 속에 완벽한 선을 그리며 날아가는 꿈을 염원하면서.

79

로드킬을 당하기 전에

요즘은 삶의 중요한 부분을 놓친 듯하다. 무엇을 잃었는지, 잊었는지 알 수가 없다.

다만 공허함이 매섭게 다가옴을 느낄 뿐이다. 이럴 때면 감정의 기복이 요동쳐 온다.

그러면 내가 할 수 있는 일은 최선을 다해 무색무취의 눈과 표정을 짓는 일이다.

'어둠이 짙게 깔리면 정신을 단단히 차려야 한다. 어둠이 짙게 깔리면 어린 사슴은 길을 헤매며 방황한다. 해가 있을 때는 그 해가 목표인 마냥 잘 나아가고 있다고 생각했건만 밤이 오면 그것마저 흐려진다. 갑자기 저 멀리서 경적을 울리며 다가오는 환한 빛은 마치 누군가의 조언처럼 경종을 울린다. 정신이 혼미해서 그것은 정답 같기도 하면서도 너무 가까이 마음에 닿아버리면 오히려 무서워진다. 오히려 환한 빛은 눈을 멀게 만들었고 어디로 나아가야 할지 더 깊은 공포에 젖어들게 만들었다.

어둠이 짙게 깔리면 정신을 단단히 차려야 한다. 달콤한 말들로 속삭

이듯 다가와 빛을 비추는 척 훈계하는, 떠나본 적 없는 매몰된 꿈에선 믿을 것은 없다. 오로지 믿을 것은 온전한 본인이다. 그러니 정신을 단단히 차려 온 힘을 다해 살아야 한다. 어둠이 짙게 깔리던 시기에는 몰랐었다. 내가 반짝이는 빛이었다는 사실을, 내가 빛이었기에 주변이 어두웠다는 것을. 이제는 안다. 그러니 한낱 어둠에 잠식되기보다는 나의 존재를 발하며 빛을 잃어버리지 않겠다.'

80.
친구에게 보내는
작은 기록

부쩍 요즘 들어 주변에 결혼하는 친구들이 많아졌다. 결혼이 무슨 대수냐 싶겠지마는 그럼에도 인생에 있어서 하나의 획을 그을 수 있는 중요한 요소이다. 오랜만에 만난 친구로부터 청첩장을 받았을 때 여러 가지 생각이 들었다. 나에게 한없이 많은 영감을 주었던 친구. 그 친구가 이제는 새로운 길을 떠나려고 하다니 믿기지 않았다. 그 길 끝에 서 있는 그 친구에게 무슨 말을 할까 생각했지만 해줄 말이 없었다. 경험하지 못한 일을 먼저 앞서 나아가는 친구에게 축하하는 것이 최선의 일이었기 때문이다. 아, 그러고 보니 예전에 그 친구가 했던 말이 생각이 난다.

인연을 소중히 여겨야 한다고. 숱한 연애 속에서 정말 사랑한다는 사람을 만다는 것은 쉽지 않다고 했었다. 살면서 그런 사랑을 단 한 번이라도 해봤다면 그것만으로도 축복이라고 말했었다. 어느 날 죽을 만큼 사랑한 사람과의 연애가 끝이 났을 때, 인연을 소중히 해야 한다는 것을 절감했다고 한다. 한 번의 인연을 잃고서야 마음의 결이 맞는 그런 사람을 다시 만나는 일은 쉬이 오는 게 아닌 것을 잘 알기에. 그렇기에 이번 사랑은 진실하고 싶다고 말했었다.

그때의 그 친구의 말처럼, 우리는 한 번이라도 진심으로 사랑하는 기회를 가질 수 있다면, 그 자체로 축복이라 할 수 있겠다. 그리고 그런 진실된 사랑을 찾은 친구를 보며, 내 마음도 따뜻해졌다. 봄이 꽃피는 시기에 결혼한다는 행복해 보이는 친구의 모습에서 한결 마음이 평안해졌다. 그 시절에만 볼 수 있는 한철 같은 꽃보다는 언제나 마음속에서 피어나는 사랑이기를 기도한다. 그리고 그 길 위에 더 많은 행복이 피어나기를 바란다.

언제나 나에게 좋은 영향을 주는 친구에게.

완벽함 속에 불완전한 우리, 그럼에도 충분한

81.
한 걸음 물러서는 미학

장마가 가져다준 구름은 해를 가리기엔 충분했다.

어깨 너머로 조금씩 젖어가던 빗줄기는 어느새 굵어졌다.

물웅덩이 위로 떨어지는 빗방울은 파장을 일으키기에 충분했다.

고요했던 마음은 들쑥날쑥 감정이 요동쳤다. 그렇게 그 자리에 주저 앉고야 말았다.

언젠가 오게 되는 힘겨운 시간이겠지만 고통은 감내할 만큼 찾아온다 지만 수많은 노력의 흔적들이 가려진 채 불운했던 결과만이 빛이 날 때 는 여전히 어떻게 해야 할지 모르겠다.

이미 지나가 버린 것에 연연해하기보다는 아쉬움을 더해 놓아줘야겠다.

괜찮다. 아쉬움을 떠나보냈지만, 후회는 남기지 않으려 노력했으니깐.

이런 하찮은 마음에는 관심조차 없듯이 세상은 아무렇지 않게 흘러간다.

괜찮다. 그 누구도 알아봐 주지 않아도 나만큼은 알고 있으니깐.

어느새 서른을 넘어 서른의 중반을 달려가는 이 시점에서 이룬 것은 그 무엇도 없지만.

이 나이를 먹고도 뭐 제대로 된 것이 하나도 없는 불완전한 존재로 거듭났지만.

비록 한 걸음 물러서지만, 그래도 괜찮다.

82.
자수성가의 이야기

　삶은 늘 퍽퍽했다. 유년시절은 희망이 없었다. 집 안 곳곳에 붙여진 빨간딱지와 집 앞에 서성이던 채무자들. 그 시절 집이라는 단어는 돌아가고 싶지 않았던 곳이었다. 중학교 때 일이었다. 학교 앞에서 피카츄 꼬치를 사 먹던 친구들이 부러웠던 적이 있다. 어린 마음에 부러움이 컸던 것일까. 버스비로 꼬치를 사서 먹고 버스를 몰래 탄 기억이 있다. 그날 호주머니에 넣은 손에 무엇 하나 잡히는 게 없는 현실보다 스스로에게 잡힌 자괴감에 마음이 아팠다. 고등학교 시절은 짧지만 행복했다. 아버지의 사업이 잘되어 빚도 청산하고 처음으로 용돈도 받으며, 남들과 같은 동등한 입장에 서서 평범한 나날들을 보냈다. 그 시절만큼은 짧지만, 나에게도 웃음이 있단 것을 알게 된 행복한 시절이었다.

　20살이 되던 해, 집 뒷산에 올라가 소주 두 병을 마시고 친구에게 하소연하며 울었던 적이 있다. 그날 삶에 대해 악착같이 맞서겠노라 다짐했었다. 대학 시절은 삶에 대해 독립하는 시기였다. 누구의 도움 없이 아르바이트를 두세 개 하며 미래를 위해 복수전공도 하고 악착같이 살앉다. 그 결과 대학교를 돈을 받으면서 졸업한 학생이 되었고 자랑스러운 기억이었다. 군대에서 근무하던 시절은 이립, 홀로 서는 시기였다. 처음으로 월급이라는 것을 받고선 삶에 대해 도망보다는 개척하고 싶었고 가난을 벗어나기 위한 기반을 다져야겠다고 결심했었다. 악착같이 돈을 모으기 위해 불필요한 만남을 줄이고 연애에도 눈길조차 주지 않으며, 쾌락과 유흥에 대해 회피하며 누군가가 보기엔 무미건조한 삶을 살았다. 그럼에도 할 수 있다는 의지 하나만으로 그 시절을 처절히 버텨내었다.

비로소 성공이라는 문틈에 발을 내디디려는 준비가 다 돼가던 어느 날, 처음으로 엄마가 목돈을 요구했었다. 늙어가는 엄마의 모습을 보면 당장이라도 해드리고 싶었지만 도와드리고 나면 영원히 가난에서 벗어나는 일은 힘들어질 것을 직감했다. 그날 나는 남들이 부모님으로부터 도움을 받는 행위를 바라지도 않으니 제발 내가 가진 것에 대해서 가져가지 말았으면 하는 생각과 처음으로 부모의 존재에 대해서 원망했었다. 가난이라는 관성은 쉽게 벗어나지 못한다. 하지만 그 연결 고리를 끊어내고 싶었다. 그래서 나는 조금만 더 불효자가 되려고 한다. '엄마, 조금만 더 기다려줬으면 한다. 내가 꼭 부자가 되어서 그때 더 행복하게 해드릴 테니, 부디 조금만 더 기다려줘, 정말 미안해.'

그러기에 나는 자기 연민에 빠질 시간조차도 없다. 주저앉을 수도 없고 무너질 수도 없다. 앞으로 나아가야 한다. 삶에 대해서 숱하게 원망했지만, 삶에 대해 맞서 싸우겠다고 다짐한 날 이후부터 단연코 단 한 번도 헛되이 살지 않았다. 그러니 기필코 나는 목표한 바를 이루어낼 것이다. 이것은 언젠가 되돌아보았을 때 자수성가의 발자취가 되었으면 한다.

83

해우소

오래 묵혀두었던 통증이 밀려온다.

아주 가끔은 자기의 존재에 대해서 알아달라 한다.

이 녀석은 어디서 왔는지 불쑥 뛰쳐나올 것 같다.

이 녀석은 어디서 왔는지 내가 쌓은 업보겠다 싶다.

이제 비워내야 할 때가 온 것이다.

해우소에 가야겠다.